No. 28

文化組織

文化組織　四月號

主張

鳥翔り魚躍る

手も、足も、口も、耳も、全身一緒に動くのが決死の態勢である。分業主義は、サボタージュ主義である。況や繁文縟禮は、何か惡い謀みのある兆候だ。

そこで思ひ出すのは素朴といふ言葉だ。素朴とは、人々がしばしば思ひ誤るやうな、簡單、無智、非技術、貧乏の勸め、さうした類ひのものでは決してない。素朴とは、綜合された形態の持つ行動への激しさを指していふのである。たまたまさうした素朴さを、原始人や赤ん坊が持つてゐるからと言つて、そこから發展過程の條件なるものを、或は發展過程を妨げる條件の全部を、即ち非素朴なるものを、本體と混用して擔いで廻つてくる必要は毫末もない。むしろあべこべだ。素朴は、學び取られなければならないのである。偉大なる素朴、批評横溢せる天眞爛漫こそ、分業主義を打破し、犧牲の精神を渙發し、非常時に備へて、東亞の黎明を齎すに、なくてはかなはぬものなのである。

素朴とは何ぞや？

小說的小說、詩的詩、精神的精神、肉體的肉體、政治的政治、文化的文化、なんでもよろしい、そんなものは、みんな、非素朴なるもので、太平の弛緩に乘じて、人類の膏血に肥えふとつたところの怪物どもの調度品である　大東亞の建設は、素朴にあり、綜合主義にあり、どんな小さい一つの職能をとりあげても、それが過去の範疇のすべてを破壞するやうな逞しさを、卽ち逸脫して、劍をとり、また組織し、或は指導する母胎を、卽ち行動單位をそれ自らの內に藏してゐなければならない。かくして、はじめて、東亞の諸民族は奴隷的狀態から解放されるのである。

先づ、天を翔り、水に躍らんとするものは、贅肉を落とせ！　論理も論理に流すことと勿れ！　詩も歌ふことを止めよ！　人は、簡單、無智、非技術、貧乏の勸め――それら眠りへの誘ひと仲よしになることを戒めなければならない。そこで、急湍の如き世態を感ずるとしても、それは英雄を假裝せるものに瞞されるだけである。考へても見るがよい、すでに世態の壓力は、われわれを日に日に、綜合人へ、また無人格人へ、追ひつめてゐるではないか。そして單なる受動的立場に立つて、自らの流轉の方向さへも知らないとするなら、如何なる理由によつて、英雄を翹望するのだ？

英雄とは、職能の不成立をもつとも敏感に感じた最初の蹶起者であり、職能の破壞者となつて出現する。壓力を彈き返す者と、壓力に彈き飛ばされる者とが愛し合ふのは、悲喜劇であり、そこにはいつでも後退のロマンスがある。もはや、そのやうな昔語りを再び繰返すべく大衆の運命は極限されてゐない。

われわれは新しい世紀を前にして立つてゐる。われわれ民族の誇りは、これから將に繰り擴げんとする人類設計圖の上に懸つてゐるのだ。

（中野秀人）

大東亞戰爭と知識階級の責任

村松正俊

大東亞戰爭は眞に世界の歴史を變改せしむべき重大な意義を持つてゐる。今日之について異議を挾むものは一人もゐないであらう。しかも從來米英の非文化を信じ、之を以て人類の文化となしてゐた一部の知識階級は、口にこそ便乘的に米英排撃を云ふが、その實、内心に於てなほ米英の非文化に戀戀たるものがないであらうか。米英の排撃は軍事的經濟的政治的に限るものであつて、文化的に之を行つてはならないといふやうな議論が公然と昭和十七年に至つても新聞紙上に現れるやうな有樣である。

米英の非文化が國人の心意に浸潤してから長い日が經つた。その心意の奥底に深く米英の非文化崇拜の念が潛んでゐること、以て察すべきであらう。それは一種の情意にまで食ひ込んでゐて、牢固として拔けないのである。自由主義、民主主義の非なることは、今日すべての人が口にする。しかもその行ふところ、爲すところ、云ふところ、一として それから脱してゐるものはない。風俗は情意の表現である。而して大東亞戰爭の眞只中にあつてさへ、依然としてアメリカ映畫の模倣が銀座街頭にその跡を絶たず、ラジオは輕音樂と號して、平然とジャズを發散してゐる。その根底の深いことは知るべきである。明治年間に於ける森有禮の英語國語論や、白人との雜婚に依る人種改良論の如き、今日から見れば、何とまあ馬鹿げた考へだと思ふであらう。それは表面的にさう思ふだけで、内的には今日の人間も少しも森の思想から一歩も離れてゐないのである。假名遣ひの問題、漢字制限の問題等に露呈してゐるものは正しくその思想ではないか。侵略者ペルリを開國の恩人などと號してその像を建てた如き醜體は、今日何人も之を繰返さないと思つてゐるであらう。しかもダアヰン主義やアダム・スミスやミルの如き思想を徹底的に排除すべしと云ふと、いはゆる知識階級は目を丸くして驚くのである。彼等知識階級には文化と非文化との區別さへ分らないのである。生活といふ根底に立到つて考へるならば、かかる非文化がわれわれに必要のないことは卽座に分る筈である。知識階級は文化の遺產といふやうなことを言ふ。それはわれわれの傳統を尊重する意味で云ふのでなくして、自己の學んだ外國の文化、或は非文化を尊重するといふ意味に過ぎない。われわれの先祖はシェクスピヤを知らなかつた。さうして立派に生活し、立派に日本の文化を建てた。その事實を深く認識することが、シェクスピヤを知ることよりも、幾千倍も重大なことなのである。知識階級はそれを知らない。それを知らないが故に米英の非文化を排擊することがわれわれの文化を棄て去ることのやうに考へる。

その故に彼等知識階級には大東亞戰爭の眞の意義が分らないのである。大東亞共榮圈に於ける文化の建立の問題に立到るとき、忽ち混迷してしまふ。彼等に云はせれば、日本には米英の如き非文化がない。從つて共榮圈內に文化を布くことが出來ないといふのである。乃ち知る。彼等が文學と云ひ、宗敎と云ひ、道德と云ひ、法律と云ひ、醫學と云ふ時は、彼等の頭腦には直ちに白人のそれが浮ぶのである。さうして日本にはそれがないと考へる。そこで日本には文化がないと結論する。

その誤りであることは三尺の童子も悟るであらう。如何にも日本には米英の如き非文化はない。だがわれわれには文化がある。知識階級にはその文化が眼に映らないで、非文化のみが考へられるのである。斯くの如き輩に取つて大東亞戰爭の眞義は到底理解されないであらう。

大東亞戰爭は、形の上から云へば、日本人が米人を歷史あつて以來初めて打破つたことに重大な意味がある。それは日露戰爭に於ける意味と大に異なる。ロシヤ人は米英人が以て半アジヤ人となしてゐるところのものであり、他のアジヤ人と同樣に輕蔑してゐたところのものである。大東亞戰爭に至つて、眞に日本人が自ら高しとする米英人を擊攘したのである。その重大な意味は、處を逆にして云へば、紀元前四九〇年にマラトンに於て、四八〇年にサラミスに於て、ギリシャがペルシャを水陸に破つたことにも匹敵する。世界歷史の行程が之に依つて全く異つた方向に進んだ如く、大東亞戰爭に依つて世界歷史は全然新しい面貌を持つであらう。この重大なことは今迄の歷史家の思考を絕する。

それのみでない。大東亞戰爭の眞の意味はさういふ形の上にあるのでない。それは精神の問題である。古往今來、八紘爲宇といふ大精神に貫かれた戰爭が未だ曾て一たびもあつたか。ギリシャ、ロオマから今日に至る西洋史のどの一頁に、三皇五帝の昔から中華民國の今日に至るまで、支那史の何處に、エヂプトからアフリカ、西亞、中亞に亘るアラビヤ文化圈の何處に、かかる大理想の片鱗が見出されるのであるか。

寔にこれはわが國開闢以來の大理想であり、さうして國史に貫かれてゐる大精神である。此の大精神に貫かれた大東亞戰爭の意義こそ、日本人が米英人を初めて打破つたといふ形而下の重大な意義を別にして、世界歷史上嘗てあらざる重大なものである。此の意義を理解せずして、大東亞共榮圈內の文化を云云することは全く砂上の樓閣に等しいのである。之を理解した後に於て、人口問題、國語問題、衞生問題、異民族統治問題等のいはゆる眞の文化が現れて來るのである。米英の非文化の外形のみを文化と心得るものにとつては夢想だもされないのである。

知識階級はその自ら有する指導性の故にますます此の精神に徹すべきである。文化は土と血から生れ、歷史と傳統の上に育てられる。眞の知識階級は必ず民族的であり、必ず國土的である。米英の非文化を以て文化と考へてゐた、いはゆる

「大正知性型」知識階級は、その有してゐる一切の既成文化觀を排除すべきである。私はボォドレェルやドストエフスキイは全然此の世から抹殺されても文化の上に何の損害もないと云つた。それは奇異な言の如く、知識人から受取られた。然し乍ら文化といふものをその民族の生活にまで掘下げて考へれば、そのことはすぐに分る筈である。之を奇異と感ぜず當然と考へるまでにその頭腦を變改しなければ、今後の日本の指導者たる資格はないであらう。否、八紘爲宇といふ大精神の外側にも觸れられないであらう。事實は事實であると共に象徵である。フランス料理を文化的の最なるものと考へるものにとつて、ボォドレェルやヴァレリイやジイドなどは文化の最上のものと思はれるであらう。胡瓜揉みと冷奴に味覺の美を知るものにとつては、ドストエフスキイやシェストフなどは全く用がない。これは事實である。而も象徵である。私はエドワアド八世が一ユダヤ婦人のためにイギリスの帝位を棄てた時、これこそ英帝國の崩壞の象徵だと公けにした。占ひ者ではないから何時如何なる形でそれが來るかは昭和十一年のその時には分らなかつたが、然し事實のうちに象徵を見る哲學者として、それをはつきりと云つた。今迄の知識階級は事實を事實としてだけしか受取り得なかつた。これこそ恐るべき米英非文化の齎した唯物主義の弊である。非文化とは土を離れ、血を棄て、世界主義となり、大都會人となつた知識階級の生み出したものである。それは民族と歷史と信仰と言語とに何の關係もない。眞の知識階級はかかる非文化を棄て、文化を創造すべきである。

文化とはその動の方向から見れば創造である。創造されて出來上つたものは既にその魂を失つたものである。從來の文化人は出來上つたもののみが文化だと考へた。そこでシェイクスピヤを仰ぎ、ラファエルロを敬し、パルテノンの殘骸とモナ・リーザの像を他の何物よりも有難がる。フランス人が文化を救ふためと號して、パリを明渡した如き、その感情の好模型である。出來上つたものは博物館に容れて置くべきものであつて民族の生活のための文化となるものではない。

一方文化とは文學、繪畫、彫刻、劇、映畫の類だと心得るものがある。心得違ひも甚しい。それは文化の表皮に過ぎない。文化はそれを生み出す精神でなければならない。文化を斯くの如きものと考へるから、日本にはシェイクスピヤがゐない、ダ・ヴィンチがゐない、文化がないと言ひ、またいや近松がある、芭蕉がゐる、源氏物語があると反駁する。兩者共に誤つてゐるものであつて、さういふ考へを抱いてゐる限り、大東亞共榮圏に新しい文化を建設することなどは思ひも寄らないのである。

現代の知識階級は先づ第一に、大東亞戰爭の眞の意義を理解しなければならぬ。次いで米英の非文化をあらゆる面から追放しなければならぬ。イギリスの文學にも善い所がある、アメリカの映畫にも見るべきものがあるなどと云ふべきでない。存在は價値を絕してゐる。善い所があれば惡い所のあるのは當然ではないか。惡い所があれば善い所のあるのも亦當り前である。犬が西向けば尾は正しく東である。そんな議論は平時に於て、しかも米英崇拜時代に於て云ふべきであつて今日は、否、未來永劫に亘つて如何に善い所があつても米英の非文化は絕對に排擊すべきである。それは身邊の頭の刈り方から、紅茶、コーヒーの類から、衣服、住居から、音樂から、文學から、法則から、科學から、すべて米英臭を發するものを拂拭しなければならぬ。露營の夢は支那事變の軍歌中の傑作だと評した一文人があつた。「勝つて來るぞと勇ましく」といふ歌詞と「天に代りて不義を打つ」といふ歌ひ出しと、何れが國民精神を奮ひ起さしめるかを考へるがいゝ。一は頽廢そのものであり、他は一つの理想を表してゐる。况んやその曲に至つては沙汰の限りである。斯くの如きものにまで米英の臭味が浸み込んでゐるのである。さうして之を傑作といふ頭腦こそ、眞の文化に缺けてゐるものである。知識階級は斯くの如き些事からも事物の本質を知るところがなければならぬ。

事は簡單のやうである。しかも實際に於ては非常に困難なのである。明治以來七十有餘年、而してその間米にあらずんば英、英にあらずんば米と、アングロ・サクソンの非文化のうちに育てられた日本人である。之を排撃することだけでも充分知識階級の一つの仕事となり得るであらう。

此の事を追求して行けば必ず一つの結論に突當る。それは何であるか。それはわれわれが米英人でなくして日本人であるといふ自覺である。大東亞戰爭はそれをはつきりと示してゐる。知識階級のみがそれを自覺しないのである。知識階級の頭腦が米英の非文化で塡められてゐるといふことは、知識階級が日本人たることを忘れ、自ら米英人たることを無意識のうちに氣取つてゐる事の證據である。自己が日本人たる自覺を有するならば、それを代表する知識階級としては、當然日本人としての文化を考へるべきである。從來の知識階級にはその自覺がなかつた。法律を設定するに當つては必ず「外國」（卽ち米英の二國であつて東洋の國ではない）の例を引用し、音樂を批評するに當つては西洋の美學を模範とし、榮養を論ずる時には自ら米を食つてゐるにも拘らず、小麥を食ふ人間の榮養學から割出し、國語問題は英語を參考とし、宗教に於ては基督教を範例とし、風俗はアメリカ映畫の模倣を事とし、浴衣を着るを恥とし、好んでハイ・ヒールの靴を穿くのを常としてゐたのである。その心意は全く自己を米英人と同一視してゐたためである。

今日かかる心意を一掃しなければならない。素足で下駄を穿き、神道と佛教とを全世界に宣布し、條約文は筆と紙で日本語を以て書し、門松と雛祭りと五月幟とを世界の俗たらしめる底の意氣がなければならぬ。蓋し文化を決定するものはその民族の實力である。實力の第一は精神であり、またその人口の數である。文化はその上に自らにして生ずる。文化とは文學や映畫や繪畫や演劇のことではなく、その民族の生活のすべての表現である。民族の實力が最初に現れるものは軍事力である。その故に軍備は文化の第一と言はなければならぬ。日淸戰後、日露戰後、而して滿洲事變以後、白人が日本を以て大國と稱せざるを得なくなつたのは實に日本の武力のせゐである。如何に藝術的な映畫を製作し、如何に立派にスポオツに勝ち、如何に巧みな文學が出ても、その國の武力が之に伴はなければ、その映畫やスポオツや文學はその根を失ひ、空中に浮動するのみである。アメリカの非文化が文化らしい面をして全世界を壓倒してゐたのは、その鬼面人を驚かす底の國力武力を有してゐた（如く見えた）からである。

嘗て大正九年か十年の頃、或る文學者の會合で岩野泡鳴は「軍備も亦文化だ」と高言した。此の言は當時新日本主義を稱へた泡鳴としては當然の言であつたらう。ところが列席の文學者達には、晴天の霹靂の如く、或は泡鳴のいつもの放語の如く取られた。今日でも或は之を思ひ掛けないことのやうに思ふかも知れない。或は軍部におもねると思ふかも知れない。然し私は當時之を非常に意味あることに解した。後滿洲事變に際して、多くの文化人がこれを非難した時、ナポレオンなき國、否、ナポレオンを必要とせざる國、日本に於て、眞に日本民族の意志を代表するものは軍部であると私は書いた。さうして今日までの事實は之を明かにしてゐるではないか。滿洲事變が如何に歷史的大事件であつたかは、今日人皆これを知つてゐる。しかもそれを事實として知るのみで象徵として之を知らない。今日之を通じて日本人が有色人なることを自覺し、その上で有色人としての文化を建設すべきである。

米英人化した知識階級は意志を持たない。その故にかゝる知識階級——軍人、政治家、經濟人、哲學者、文學者——は日本を如何にすべきかといふ意志を持たなかつた。世界はどう動くか、日本はどう動くかといふ、いはゆる客觀的觀察のみを以て滿足し、世界を如何に動かすべきか、日本を如何に動かすべきかといふ、自主的意志が全然闕けてゐたのである。これが大正年代から昭和の初めまでへ掛けての日本の墮落の大原因の一つであつた。世界は米英人の指導の下に動く、日本はこれに從つて行けばいいといふ考へ方である。不幸にしてその考へ方は極く最近まで、大東亞戰爭の始まるまで、至る處に擴がつてゐたのである。米英と戰爭したらどうなるかとそれだけを心配してゐた。米英を擊滅して如何なる道を開くべきかといふ意志がなかつた。

今日われわれは意志を持つてゐる。民族として意志を持つてゐる。米人や英人が如何なる新秩序案を考へ出さうと、ルウズベルト、チャアチルがプリンス・オブ・ウェイルズ艦上で何を議しようと、クウデンホオフやウェルズがどんな新秩序を考へようと、そんなものはわれわれの意志の前には消えてしまふ。プリンス・オブ・ウェイルズの撃沈が之をはつきりと象徴してゐるではないか。われわれは主人である。世界はわれわれの意志に依つて動かすのである。知識階級は之を自覺しなければならぬ。此の自覺の上に立つて、文化は初めてその處を得るであらう。軍事、政治、經濟、法律、宗教、道徳、科學、文學、音樂、風俗、習慣、それらはすべて此の自覺に依つて改作されなければならぬ。昔は標準は米英にあつた。今日は規範は我にある。これは儼然たる事實である。此の事實を忘れて依然としてイギリスの議會制度やアメリカの映畫やフランスの小説やに依據せんとするものは、既に日本人でないのである。之とイギリス人の發明した戰車とフランス人の發明した潛水艦とアメリカ人の發明した飛行機とをわれわれが縱横に驅使して敵をやつつけることとの間には雲泥の差がある。文明は同化すべきである。文明に吸收されてはならないのである。われわれが意志を持つといふことの意義はそこにも現れてゐる。

文化建設の事業は眞に大事業である。それは精神に基づかなければならぬ。日本の自覺の下に於て、日本の意志の下に於て、それは完成されるであらう。知識階級の責任は重大である。

新しい東亞の地圖

内田巖

さあ皆で眺めよう
新しい東亞の地圖を
毎日毎日擴がつて行く
日本の心を

東亞　大東亞
さあ皆で聞かう

新しい東亞の鼓動を
同胞よインド人よマレー人よ支那の諸君よ
さあ皆で戰はう
今こそ光が闇に向つて挑戰する
あゝ十二月の八日から
君等も僕等も光の進軍だ
さあ皆で征かう進軍だ
新しい世紀の進軍だ
空も海も大地も
皆　進軍だ

作家の道

鈴木幸夫

戰爭に直面して、當初作家達の道を唯一つのものと思はせたのは戰爭文學といふタイトルであつた。最も華々しい成果を示したものはいふまでもなく火野葦平氏の「麥と兵隊」「土と兵隊」「花と兵隊」等々であり、上田廣氏の「黃塵」であり、日比野士朗氏の「吳淞クリーク」である。しかし戰爭を直接作品の主題となし得る作家は殆んど限られた數人の人々に止まるのであつて、殘された作家達は一體何を書けばいいのかといふ混亂が、一時は文學界全般を支配したやうに見えた。

今日、作家達は、戰爭から直接に優れた文學作品が產まれるものではないといふ事に氣づいてゐる。興奮と激動のみからは文學は產まれないのである。いつの場合にあつても、最も主觀的な抒情詩人の場合であつてすらも、およそ藝術家は自己の文學的對象を客觀するだけの餘裕を持つてゐるものである。事變によつて產れ出た多數の戰爭文學の中にあつて、後代にまでその文學的價値を傳へ得るものは徒らに興奮した叫喚ではなく、戰爭といふ事實を正しく客觀し得た人々の筆になるものであつた。彼等の最も顯著な特質は單なる戰爭の事大的記錄ではなくして、戰爭から產まれ出た人間性の美しさを適確に描き出したいとふことである。戰爭によつて我々が感動させられるのは、これまでの歷史に見られなかつた大きな勝利といふ單なる事實ではない。眞珠灣攻擊、香港、シンガポール攻略といふ結果ではない。何よりも我々の心を動かすのは、それを成し遂げた日本人としての人間的な美しさなのである。ノモンハンの惡戰苦鬪の心ふるはせたのも亦それに他ならない。

昨年以來多數の作家が報導班員として從軍した。今のところそれらの人々の任務は古典的な戰爭文學を書くことではない。保元、平治、平家物語、太平記等々、さてはホメルスが「イーリアス」などといつた大きな戰爭文學を書く事はずつと後の仕事である。かといつて、單なる戰記であり報導記であるなれば、それは一刻の早さを競ひもした、その方の專門家であるニュース記者諸氏に委しておけばい い。彼等の任務は、それらの戰記の中に生きる人間としての美しさを描くことであつて、それこそ今日の戰爭を端的な文學として永く後に殘すことになるであらう。これは全く彼等作家諸氏に與へられてゐる特權である。彼等の筆になつたものこそ、時をへだてゝ何年かの後、しかも尙、今日の我々を感動させたと同じ感動を、その時それを讀む人々に與へ得るものでなければならないのである。それなくしては彼等が從軍した最初の、而もかなり重大な意味が見失はれることにならう。そこに始めて作家の個性に充ちた生々とした文學的な戰記が産れるであらうと思はれる。

殘る問題は從軍し得なかつた作家達である。それらの人々に直接戰爭を主題としたものを書けとすゝめることは躊躇しなければなるまい。作家の優れた直觀が、よく現實の經驗を凌駕し得る場合も數多いけれど、今日の戰爭といふ現實は、思ひもよらぬ程に大きい。極言すれば戰爭を知らずして戰爭を書くことほど大きな冒瀆はあり得ない。觀念的な戰爭記の揑造程、型にはまつた非現實的なものはあり得ない。そして又これ程人々を虛僞の感情に導いてゆくものはあり得ないだらう。このことは當今巷に氾濫する三文軍事小說、物語、詩歌、万才、浪曲等の安價な大衆慰安物を見れば、ただちに首肯されるところである。これらの作者が目的とするところはきまりきつた一つの感情的興奮を與へることであつて、戰爭の現實と目的と意義とを明確に認識してゐるところから出發してゐるわけではない。彼等にとつては、單に、昔ながらの義理人情の感情的高潮を、戰爭といふ時局的色彩に當てはめた造りごとに過ぎないのである。

作家の仕事はそんなところに在るのではない。作家はどんな立場にあつても飽くまで作家としての立場を守るべきである。あくまで自己の眞實を追求すべきである。今日到達した最も高い日本文化の代表者であるべきである。徒らに時局に便乘して似而非愛國文學を書くよりも、戰爭といふ今日の國家的現實の中にあつて高度な自己の文學に邁進してもらひたいのである。後代、この大戰爭の中にも、かかる優れた文學を産み出したと言はれることこそ、何よりも今日の日本の文化的名譽を高める所以であるだらう。

今日の文學者の最も偉大な仕事として、佐藤春夫、尾崎士郎その他の諸氏の手になる軍事浪曲の臺本が殘らうとは誰も思ふものはあるまい。いついかなる時代の中にあつても、やはり佐藤春夫氏の傑作として殘るものは「田園の憂鬱」であり「都會の憂鬱」であり、數々の優れた詩篇である。

尾崎士郎氏もやはり「人生劇場」の作家として殘るであらう。そしてそれらの作品こそ、當代の優れた文學的遺産としていつまでも今日の文學の名譽を擔ふ事であらう。この焦立つた神經と心の動亂の時代にあつて、堀辰雄氏の「風立ちぬ」「菜穗子」等々の作品のあることは、確かに、現代の持ち得た一つの文化の高峰を示すものとして稱讃されていゝであらう。

同じことは美術にも音樂にも演劇にも映畫にも言ひ得るのである。「五人の斥候兵」とともに「殘菊物語」のあることも忘れてはならないのである。

これからの作家達の上には、東亞の盟主としての、文化的指導者たる役割が課せられるに違ひない。單に東亞共榮圏の一翼たる諸國に働きかけるばかりではなく、亦世界の諸國に對してその光輝ある文化を示さなければならないのである。頭の中で考へられた目先きの似而非文學は何んの力を持つものではない。單なる一時的な感情的同感はその場限りのものであつて、その瞬間が過ぎれば以前の精神狀態に戻つてしまふ。万才、浪曲の數はおよそこの程度のものであつて、大局からは何んの効果を期待されるものではない。何よりも東亞共榮圏の心理的結合をもたらすものは人間的な、心理的な美しさの接觸である。直接的であれ間接的であれ、その役割を充分に擔ひ得るものは、優れた藝術家をおいては他にないのである。作家は常に自分に與へられた自分のみの道を躊躇なく進んでゆくべきであらう。

髭

暖かくなつたとは言へ、勤めには未だ薄ら寒い朝。僕は富士見町病院の角で黒い制服の巡査に會つた。朝の日課を勤めてゐるらしく、目配りに油斷が無かつたが、その步きつきは頗るユーモアに見えた。僕は元來官公署に勤めてゐる人を餘り好かないが、そのときは彼に會つて平和さを身内に感じた。いつになく心を惹かれて、すれ違つてからも暫らく彼を見送つてゐる中に、彼の右足は全く役に立つてゐないことが分つた。殆ど引摺つてゐる！ 僕は次第に解つて來た。意外に大きく鮮やかに彼は遠のいても遠のいても、瘦氣味の尖つた右肩を埃の中につき出してゐた。僕は何故か彼が髭を生やしてゐたのを思ひ出したのである。（S）

詩論

小野十三郎

22

精神力に對する私たちの無限の自負は、時々、一般にそれと對蹠的に考へられてゐる物力や機械力に對する正當な認識を伴はずそれらを輕視する表現をとつて、外部に向つて發動することがある。大東亞戰緒戰に於けるわが陸海空軍の想像を絶する大戰果について語る者は、一の例外なくその結論に、精神力の問題を置いて、國民に呼びかけてゐるが、中には、勢餘つて、科學等と云ふものを頭から否定してかかるやうな言辭を吐いてゐる人もゐる。しかし凡そ言論とは斯の如きものであつて、特に戰時下に於ては、それがそれなりの役割を持つてゐることを私は否定はしない。

さう云ふ人たちと雖も、近代戰に缺くべからざる科學力だとか機動力とか云ふものに對する關心を全然持つてゐないわけでもあるまい。この點に於て、私が日頃最も信據し敬服してゐるのは軍報道部の人たちが語る言葉である。過日陸軍記念日に行はれた佐藤賢了少將の講演等その最も代表的なものであらう。殊に、わが國の戰力が、支那事變以前の三倍に擴充され、軍需產業は八倍になつたと云ふ風に、報告に或る具體性を明示されたことはかつて無いことであり、國民の士氣を鼓舞すること大である。この場合、國民は決してその八や三と云ふ數字に感動してゐるわけではない。話の技術としても世間の警世論者等には及びもつかない手である。

物と精神との間に本來の均衡を缺いでゐるところから、その間隙に乘じて、樣々な俗説が横行する。精神主義が怪物なら、所謂科學主義や科學思想にだつて隨分怪物が多い。「科學する心」等と云ふ得體の知れぬ化物が白晝横行してゐるのもその一例である。頭に科學と云ふ二字を冠しさへすれば、用紙の特配が受けられるのか、近頃內容の相似た科學雜誌が續々として創刊されてゐる。しかもそれらは、いづれも謙虛な科學知識の提供を目的とする以外に、何等かの表情を示さうとしてゐる。しかし肝腎の編輯方針に科學性が無いために、科學を賣物にしてゐるにかゝはらず、全體的に見て、その指導性や啓蒙性は極めて低い。狹義の精神主義を刺戟するにはそれで事足りるか知れないけれども、物力と精神力との間の正常な關聯を認識させることは出來ないのである。ただ科學否定とか、若くは科學萬能とか云ふ牢固として拔くべからざる私たちの思考の密度が、その各々の側に於て多少稀薄になつたと云ふことは云はれるかも知れない。それだけの功績は認めていゝと思ふ。

「人と訓練あつての物」と云ふことは、普通それについて云はれてゐる意味よりも、もつと緻密な思想をその中に含んでゐるのである。今までそれが解された意味は、全部が全部とは云はないが、大方は「物よりも人と訓練」と云ふ意味であつた。しかしこれは誤謬だ。これは單なる教訓や主張ではなく、あくまで「人と訓練あつての物」、人と訓練を伴ふその物を、正確に見る純粹な科學的思考であり、同時に又、かゝる物を要求する思想であるに相違ない。物と精神のかゝる不可分離な釣合を認識することは、科學の持つ最も深い機能の一つである。そして今日、かう云ふ意味に於て科學精神を最も確實に把握してゐるものは、わが國の軍隊である。科學に關する限り、文化部面は遙かに立遲れてゐる。わが國の陸海空軍當事者は、多年に亘り、實に默々として、軍の科學精神の涵養に努力してきたと云ふ感じを抱かせられ、頭が下るのである。彼等が不斷に練成した物質と精神との間の搖ぎなきバランスが中核となり發條となつて、皇軍の世界に冠絶する戰鬪力が生れたのだ。一箇の科學兵器と雖も、それを動かす精神との緊密な釣合の上でしか考へない。從つて物に對する過重評價も過少評價もない。單なる教訓的な常識ではなく、それを物の認識の一つの新しい方法にまで孵化し育成して來たところに「人と訓練あつての物」の思想が生れる。軍隊は決して物よりも人と訓練が必要だなんて云つてゐるのではない。

私は十數年前に、或るグラフ雜誌で、千葉の鐵道聯隊が有事に備へて、廣軌機關車の操作訓練をやつてゐる寫眞を見、又その記事を讀んで感動したが、その時も、わが國では、他のあらゆる分野よりも、軍隊が最も進歩してゐるのではないかと云ふ強烈な印象を受けた。回想してみるに、すべて思ひあたる事どもばかりである。又最近では、かのハワイ眞珠灣の空襲に參加した少年航空兵の坐談會の記事を讀んで、彼等が自分の乘つてゐる愛機の性能に寄せるナイーヴな信頼が話の隨所にあらはれてゐるのを見、かゝる信頼を生むに到つた平素の訓練の猛烈さに想到して襟を正したが、かう云ふところから考へるに、日本人の體質が世界最高の航空適性を持つてゐると云ふ理論も或は成り立つかも知れないのである。クワンタン沖で、英吉利の主力艦二隻を瞬間にして屠つたとき、沈みゆく敵の艦橋に、日の丸を翼に描いた飛行機が喰つついてゐるのを見たとき、あッやつたなといふ感じがしたと云ふ。しかしそれは軍人としての最後の切札であつて、そこまでして最後の切札までやらせるやうに軍備といふものを不充實にしておくことはいかぬだらうと、これも又或る坐談會で、陸軍航空本部の吉満少佐が云つてゐるが、さすがにこれは立派な言葉だと思つた。海軍特別攻擊隊のことは云ふも更であらう。所謂特殊潛航艇だとか、人間魚雷だとか云ふ名において、私たちが想像を逞しくしてゐたものの正體は何であつたか。彼等が一死國に殉じた行動を思ふとき、その中で死ぬ自らの柩を設計した科學精神に想到せざるを得ないのである。精神力と云ふものは、もはやそれに對する感傷を喚び起さぬところまでいつてやうやく充實する。物力や機械力に對する正當な認識は、精神のかゝる高次な素朴さの狀態からはじめて生れるものであらう。嚴密に云へば、私たちの思考の卽物性と云ふものも又かゝる如きものでなければならない。

23

今日、詩人たちは、皇軍の相繼ぐ捷報を追つかけて愛國詩の製作に忙しい。それらは必然ニュース・ヴァリュを問はれるところから、質も何も構つてゐられない。ただもう軍行動のスピードに遲れまいとして、殆んど息つくひまもないほどである。勿論、さう云ふ詩にはさう云ふ詩としての役割があるから、あつて惡い筈はない。しかし私が、昭和十六年十二月八日を民族詩の新しい黎明と見た詩人の決意に共感し、そこに他のあらゆる論考を超越した、今日的な意味に於ける「現代の詩精神」の方向を指示するものありと見るのは、さう云ふ狹義の愛國詩歌の氾濫を豫想し、或はそれを眼前にしてゐるからではない。私はこの偉大なる日を轉機として、今日まで屢々云はれてきた抒情の變革と云ふことが、やうやく觀念的な萠芽形態を脫して、詩人自身にとつての現實的な問題となる、ひそかな希望を抱いてゐる。かう云ふ大きな機會がなければ、かゝる問題は或は立ち腐れのまゝ自然消滅してしまつたかもわからないのである。いや、正にそれは消滅しようとする瀬戸際に面してゐたのである。

現代詩も又、今日では一般に「國民詩」の範疇に入れられるが、短歌や俳句が國民詩である意味と同じ程度に、現代詩に國民詩としての性格が形成されてゐるかどうかは甚だ疑はしい。ただ愛國と云ふ名を冠するだけで、現代詩が國民詩としての地位にせり上つたわけではなからう。現代の詩が、その內部に、眞に獨自な詩精神を擁さない限り、それは他の俳句や短歌の詩性に伍して、國民詩として名を獲得するに價しない。しかしありのままを云へば、現代詩は、まだその獨自な詩精神によつて、國民詩の名を獲たのではなく、むしろ短歌的なものや、俳句的なもの、甚だしきは漢詩的なものへの鄕愁、或は回歸の故に、さう呼ばれてゐる場合が多いのである。現代詩型に依る愛國詩に傑作とも云ふべきものを拾つてみても、その發想、聲調共に殆んど短歌のそれと何等撰ぶところがない。又中には水を割つた漢詩まがひのものもある。詩語の撰擇に於ても殆んど無差別的であり、言葉に對する感覺も又一樣に均らされてゐる。古典の雅語に對する憧憬はともかく、彼等の敎養の中に欝積してゐる夥しい漢語形容詞のストックを、この時とばかり一氣に投げ出してゐる樣はむしろ壯觀と云へる。現代の日常的な日本語等は殆んど使用に堪へぬものの如くである。これを要するに、短歌の領域に於ても、本來の素朴さを喪失した過剩な精神主義が殘存してゐて、それが言葉に對する詩人の觀念的な態度をいつまでも固持させてゐるのである。

物に對する純粹な認識が恢復されなければならないのは、短歌の領域に於ても變りはない。特に、現代詩が新しい國民詩として成立するかしないかは、この一事にかかつてゐると云つても過言ではない。他の文化部面の人たちと同樣、いやそれにも增して、詩人の物に對する思考力は著しく遲れてゐる。その代り、卑俗な精神主義が浸潤してゐる度合は、敢て政治家や企業家に劣らない。斯の如きものが現代詩人であるとすれば、新しい詩の成立等と云ふことは、詩人の人間としてのタイプが更まらない限り絕對に不可能だと云ふことになりさうだ。事實私はかう云ふ問題に對しては少しも樂觀してゐない。非常に困難な過程が前途に橫はつてゐることは明瞭に豫想出來るのである。けれども、タイプの更新と云ふことは絕對に不可能だとは云へないし、又感性の訓練と云ふことも、人間に許された一つの可能だとすれば、かゝる希求を、多少なりとも內部に抱いてゐるものが、現代の詩人の詩人たる所以であると云ふことも出來る。元よりこんな註文を現代の歌人や俳人にしてみたところではじまらないだらう。詩人自身にとつても、かゝる反省はかなり異質的な批評精神の媒介を必要とするからである。

所謂物質萬能思想、例へばアメリカニズム等と云ふものにしても、それと對立する精神主義によつて破壞し得ると考へることはまだ充分ではない。むしろ謬見である。かゝる精神主義は、立場を替へた物質主義に他ならない。南方を制壓すれば、ただちに石油もゴムも錫も鐵もマンガンもアンチモニーもタングステンも米も砂糖も、物資と云ふ物資がころがりこんでくると云ふ考へ方がそれだ。今、日本はそれではいけないことは自明である。所謂物質萬能的な考へ方の否定は、單なる精神主義の興奮によつてではなく物質に對する正當な認識によつて達成されなければならない。物に對する正當な認識が、刻下の日本にとつて缺くべからざる問題となつてゐるとき、精歌人の感傷が、彼等の善意な意圖に反して、謬まつた、或は過剩の精神主義を内に擁し、外部に鼓吹して、結果に於て、反動的な役割しかしなかつたと云ふことになれば、これほど殘念なことはないだらう。實に詩歌にはさう云ふ危險性も多分にあるのである。わが陸海空軍の戰闘力の一要因を爲してゐる緻密な科學精神は、我々に一つの反省を與へる、詩人の、或は詩の内部に於ける科學精神の在りやうを反省するとき、私はわが海軍を想ふのである。今日的な意味の最高の科學と技術を習得し、それを驅使しながら、精神の諧調は、科學以前の素朴さを失はないこの平靜なるものは、そのまゝにして現代文化に對する批評となすに足る。

萬葉に對する關心が、早くも中世に始まり、その後も屢々再燃し現代が又丁度その何回目かの週期にあたつて、萬葉復歸が叫ばれ、古典の再認識が問題となりながら、わづかに、小田切秀雄のやうな一二の人たちの研究を除いて、古典に見るかゝる精神の素朴さを可能ならしめる人間生活そのものの存在形態に、深く思ひを馳せてゐるものが皆無なのは、やはり根本に於ては、物に對する正當な認識が無く、過剩な精神主義に溺れてゐるからだらう。

詩歌の世界に於ける現代の素朴さの所在を瞭かにするためには、科學は意味を持つ。

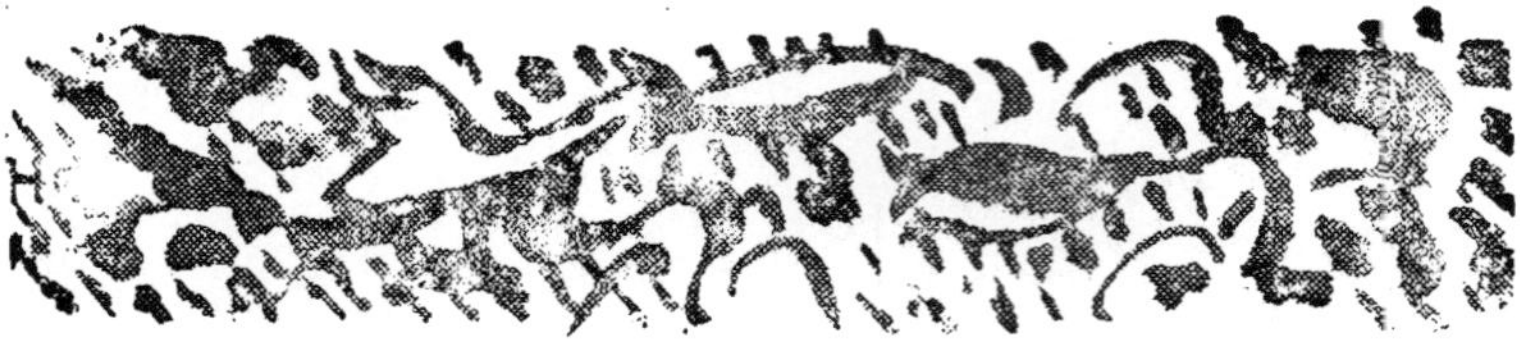

雪崩れ

竹中祐太郎

からからと澄んだ木魂が
谷間に響く
思ひだしたやうに　氣まぐれに
からから　からから

ツブテがツブテの上を轉り落ちる
頂上から綺麗な拋物線を畫いて
木といふ木は一本もない
全くいゝ恰好をした坊頭山が
ひつきりなしに雪崩れてゐる
時々ざあーつと夕立を呼んでは
けろりとして。

富士

金谷丁

よく耕された一帶の畑地には麥、燕麥の類が溢れ
その向ふに呆として突立つてゐる富士は
見るからに睡氣を催させる眺めだ。
だが彼の陰氣な襞の奥の、むうとする暗さを知る人は少い。
立ち腐れゆく巨大な「みづなら」——

どつぷりと水をふくんだ朽葉の堆積——

今僕らの思ひおよばぬ深い深い底で何がなされてゐるか、知る人は更に更に少い。

彼の直情！

彼のヴォルカニズム！

龜裂から龜裂へと走りまはつてゐる赤い小蛇のやうな、あれ……。

本當に彼は爆發せぬのであらうか？

夜になると、彼はその額にしづかな蒼いろの角燈を吊る。

風の吹く晩など僕が門口に佇つてみると、まるで幽靈のやうだ。

小感

―日本文化私觀など―

岡本潤

「現代文學」三月號の坂口安吾氏の「日本文化私觀」といふエッセイは、近頃の雜誌で讀んだものの中では一番おもしろかつた。坂口氏のものはこれまでも時折愛讀してゐたが、これは特におもしろく讀んだ。こゝでおもしろいと云ふだけでは漠然としてゐるが、ちよつと說明しにくい。古い言葉でいへば、心憎しとでも云つたものか。坂口といふ人については僕は全然知らぬ。現代化された東洋的文人氣質の人でゐて、それだけではをさまらぬ何か鬱勃としたものを持つてゐる人のやうにも想像される。このエッセイにも、相當に人を喰つたところがあるかと思ふと、體當り的に眞實に迫る表現もある。なか／＼辛辣でもあり、警拔でもあり、强硬なアンチ・テーゼを提出しながら、それがまたひとりでに文人的なものに回歸する場合もあるが――。

× × ×

日本の傳統美を「發見」したといはれるブルーノ・タウトは、所詮「方丈記」に感心する程度の思想しか持つてゐなかつたと一蹴されてゐる。龍安寺の石庭のやうなものは默殺されてもいゝ。「簡素なるものも豪華なるものも共に俗惡であるとすれば、俗惡を否定せんとして尙俗惡たらざるを得ぬ慘めさよりも、俗惡ならんとして俗惡である闊達自在さがむしろ取柄だ。」といふ。最も美しいものは、「必要」のみが要求する獨自の形體だ。そして小菅刑務所やドライ・アイス工場や驅逐艦の構造に、「日本文化私觀」の筆者はそれを認めてゐる。

× × ×

坂口氏がゐたといふ京都の嵯峨邊は僕にも馴染の深い所だ。五六年前、僕は仕事の關係からそこに家を借り、現在でも僕の家族の者はそこに住み、僕は東京と京都とを往つたり來たりして暮らしてゐる。坂口氏の書いてゐる車折《くるまざき》神社といふ奇妙な神社も、嵐山劇場といふ小便臭いうらぶれた小屋も、僕の家のすぐ近くにある。今でも車折神社には自分の欲しいだけの金額を書きつけた願掛けの小石が山をなしてゐるし、嵐山劇場はうらぶれ果てたまゝの姿をさらしてゐる。あの邊から嵯峨野の奥へかけては、いはゆる名所舊跡がたくさんあるので、わざ／＼遠方からやつてくる遊覽客や史蹟廻りの人も多いが、僕には家族が住んでゐるといふだけで、一向に興味はなく、住んでみれば退屈極まるだけだ。嵐山などと云つても箱庭みないなものだし、渡月橋よりも永代橋や勝関橋の方が僕には遙かに美しく、牽引力を持つてゐる。

渡月橋から眺める嵐山の翠巒にはなんの變哲もなく、むしろよそ〳〵しいものさへ感じるが、永代橋から彼方の鋼鐵ばりのデルタなどを見てゐると、却てそこに僕等の「自然」があるやうに感じられ、一種の神秘感さへ湧いてくるのである。

× × ×

「橋は人間の夢や希望や渇仰の達成であると共に、人間が自然の諸力に對して挑みかかる英雄的闘争の象徴である。」

成瀬勝武氏の「橋」といふ本の扉に、スタインマンのさういふ言葉が引用されてあるのを讀んだ。云ひかへれば、橋は文化のバロメーターでもあるだらう。渡月橋が過去の文化の殘骸になまじつか彌縫修理を施されてゐるだけ、なほのこと退屈なものあはれさを感じさせるのに對して、永代橋や勝関橋は、まさしく現代文化の象徴として生きてゐる。それらは、昔の橋の傳說にあるやうな人情味のからんだ感傷性などミヂンもなく、無慈悲な鋼鐵の堂々たる逞ましさで壓倒的に美しい。しかもそれは、現代科學と技術と機械力を驅使する人間精神力の凝集を感じさせる美しさだ。

× × ×

さういふ美しさはまた、精緻をきはめた近代兵器にも見られる。その性能が破壊にあるだけ、魔力的な美もそれに加はつてくる。しかも、將に打ち樹てられんとする新しい世界の秩序は、この魔力的に美しい機械による現狀の破壊なくしてあり得ないのだ。もちろん、世界新秩序建設といふ劃期的な歴史の轉換が、それだけにとゞまるものでないことは云ふまでもないが――。

やみ難いギリギリの必要は苛酷であり、無慈悲であり、魔力的でさへある。それゆゑに美しくもある。彌縫や修飾はうすぎたない。カラ景氣も逡巡も自滅するか一掃されるだけだ。政治でも、文學でも。――大なり小なり、新しい秩序のスタートはそこから切られねばならぬ。

坂口氏の「日本文化私觀」からは離れてしまつたが、最近たま〳〵あのエッセイをおもしろく讀んだ僕は、それをきつかけに小感をおぼえ書きしてみたまでだ。

× × ×

僕は最近、京都の家を引拂ふことにした。あの土地には何一つ未練の殘るものはない。古都よ、さらば、である。

（一七・三・一三）

綜合雜誌評

改造と中央公論

昔は落語の面白さは、おそらくマクラにあつたといへる。上手なやつほど、勿體ぶつて長いプロローグをならべたものだ。この頃の寄席では、世の中が忙しくなつたせいか、殆んどマクラは、はぶかれる。ひどいのになると、肝心のサゲまで喋舌らないうちに止めてしまふのもある。要するに、きはめて簡潔な、頭もシッポもない落語ばかりになつた。

　ところが論壇になると、その事情が、いささかちがふらしい。なるほどシッポのない評論は隨分多くなつたが、不思議なことに、これに反比例して、マクラは頗る長くなつたのである。よほど眞打ちばかりが揃つてきたとみえる。

　なかにはマクラばかりのやつもある。

「改造」三月號の巻頭論文**「東洋民族發展史序説」**は、この一例である。必ずしも「序説」と銘が打つてあるからいふのではない。どこを切りとつてみても、一向にコタエさうもない、とりとめのない論文だからいふのだ。ミミズを聯想したいところだが、内容空虚で、その上、死んでゐるのでまづマカロニみたいな論文と思へば間違ひがない。

　この論者は、種族と民族との區別から勉強してかかる必要がある。

　大串兎代夫の**「軍政論」**もマクラ。その他マクラの陳列で、眺めてゐると、少々眠くなつたので、**「武將今昔」**といふ鼎談を讀んでみる。信長が偉いとか、秀吉が偉いとか、浮世離れのしたことを喋舌つてゐる。

　その後には**「涯しなきレプラ」**といふ話が載つてゐる。おそらく、論文らしい論文のないのに絶望して、編輯者は、論文の隨筆化を企ててゐるのかも知れん。

　それなら、いつそのこと小説でも取上げた方がましだ。**徳永直**の**「日本の活字」**を讀む。ところが、これが又、最初は小説の隨筆化みたいなものだ。失望を感じながら讀みすすんで行くと、後半に至り、俄然、精彩を放つ。日本の活字の發明者本木昌造の研究家が、臨終の床のなかで、後學に語る。

「遠慮いらんよ、歴史とか研究とかいふもんはネ、すべてそんなもんさ、ああ、やつと探しあてたら、相手は死にかかつてゐるなンて、ぼくもそんなことを何度も經驗したよ、こんどは俺の番といふわけだ、なアにたいしたこつちやないさ」

　死を鴻毛よりも輕く考へ、一生を棒にふつていささかも悔いない研究家の姿は、それまでマクラばかり讀みつづけてきたせいか、何か私を遣る瀨ない思ひに驅りたてた。

「中央公論」の巻頭論文は、**永田濤**の**「大東亜經濟の課題」**だ。註に曰く「**戰火**の中の經濟學＝その序論的提題」

またしてもマクラである。好意的にみれば、經濟ではなく、經濟學を問題にしてゐるところが、同じマクラにしても、まあ許せるといふものだが、大眞面目に、スミスとリストの經濟學の超克を說くに及んでは、あいた口がふさがらぬ。そんなことは、とつくの昔に議論ずみのことではないか。

次が「**大東亞建設の根本理念**」といふ特輯で、四つの論文が集められてゐる。先頭は**酒枝義旗**で、ピュリタンみたいな顏つきをして、くどくどと述べたててゐる。たぶん、聽き手は學生にちがひない。もののわからんやつだけが、もののわからんやつのいふことを有難がる。それにしても、なんといふ感傷的な調子だらう。救世軍の演說。

それから**樺俊雄**の退屈きはまる一般論。同じく**船山信一**の退屈きはまる抽象論。かういふ說教家タイプの俗物共を、ボン・サンスの持ち主のやうに錯覺するところに、我が論壇の調子の低さがある。割りきれるものを、いとも容易に割りきつてみせて貰つたところで、面白くも、可笑しくもないのだ。

最後は、**穗積七郎**の「**政治を創る民心**」とにかく、この男だけが、今日の課題のいかなるものであるかをつかんでゐる。まつたく我が國の革新運動といふやつは、我が國の幽靈のやうに「足」がない。つねに國民生活から浮きあがつてゐる。さうしていつも柳の木の傍に突つ立つて、燐火ばかり燃やしてゐる。たぶん、柳の下にゐる筈の泥鰌を探がしてゐるのだらう。

しかし、この論文は、むろん、問題提起の域を出てゐない。のみならず、その批判には、明らかに、顧みて他をいふところがみられる。

いつたい、綜合雜誌とは何か。

一言にしていへば、寄席みたいなものにすぎん。しかも、おそろしく氣位ゐだけは高い、未熟きはまる藝人ばかりそろつてゐる寄席だ。それでゐて入場料は、だいたい一圓見當だからおどろく。

この頃は、店頭に出るとともに、たちまち綜合雜誌は賣り切れてしまふさうだが、はたしてお客は、どんな心境で買つていくのだらうか。たぶん、なんにも買ふものがないから、手あたり次第に雜誌でも買ふのにちがひない。ヴァレリーならばいふかも知れん。これは「精神の危機」の象徵だ、と。しかし、精神に榮養をあたへるつもりで、かういふ代物を買ふ馬鹿もゐないだらう。

お菓子のないために、繪本を買つて貰ふ子供と、酒ののめないために、綜合雜誌を買ふ大人と、——いづれも哀れな存在ではあるが、かくべつそこに「精神の危機」をみいだすことはできない。むしろ、これは「物質の危機」を物語る事實だ。

この「物質の危機」を克服するためには、物質と對立して精神が、單に寄席的でない、綜合的なものとなる必要がある。

精神が綜合的となるとき、はじめて綜合雜誌もまた、その名に恥ぢない綜合的なものとなるにちがひない。

百年河淸を待つ。（**過小人**）

讀物

雪女

土屋英麿

まるで戰場で、敵陣の集中射擊を浴びるやうに強風のぶつかる山――登山家は「魔の風山」とよんでゐる中部裏猫嶽山系の大松山（二、六四九）は、裏日本の海から吹きつける風が、日本アルプスと、頸城《くびき》アルプスの峽間（切れ間）である姫川の盆地を上つて次に裾花川の谷間へ下つて川中島平野を横切つてこの山にぶつかるのである。ために年中風あたりが強く、冬は吹雪に目もあけられぬ山である。

この大松山の麓に地藏峠スキー場があり往昔、佐久間象山は毎日この峠を越えて松代藩から上田の眞田藩に勉學に通つたそうである。現在この七里の山道は山スキー・コースとなつてゐるが、吹雪の日は死鬪を覺悟しなくてはならないので頗る難所である。

吹雪のもつともひどい一月の末、私達山スキーヤーの仲間數多はこの大松山に向つた。何んでこんな突風と鬪ふやうな山スキー場を選んで不便な山中に入つたかと申すと「雪女」を探しに……である。

果して雪國の夜の怪！「雪女」（又は「雪女郎」）なるものが居るのかといふことから――それを探しに……雪女に逢ふべくこの山場に入つたのである。百科辭書の「雪女」の處を見ると

雪女――越後、信州、飛驒の雪國に現れる妖怪。雪の夜に白い姿で、あつちこつちと迷ひ歩く幽靈のやうなもので吹雪の夜などに多いと云ふ。室町時代の俳諧に雪女が歌はれてゐる。

「ありと云へども見えぬは貞女か雪女」

とある。

さてその傳說や古い繪畫に殘る「雪女」なるものを、吾々山男の代表的さむらいが知らないでは恥だ、どうにかしてお目にかからうといふ話が出た。そこでいろ〳〵と相談やら研究を重ねたが、古人の言つた「雪女」とは雪國の龍卷現象に外ならない、であるから龍卷の多い地方へ行けばよいといふ話になり、信越飛驒の山岳會へ問合せた。

その結果、つむじ風（龍卷）の名所といはれてゐるのは信州川中島の篠の井町を中心とする附近一帶で、此處は越後山系の一角の缺けてゐる處（前記姫川峽間）から每年一二度物凄い突風が飛込んで來て、大つむじ風が起き、町の屋根や看板を奪ふ位はやさしい方で、野良にゐる子供や山羊が空へ卷上げられた記錄がある。そのため時々死者も出る。かかる大きなものでないが、小龍卷は年中この邊に現れてゐる。依つて問題の「雪女」も例の魔の風山「大松山」には必ず現れるものと思れますといふ返事

が來た。

　一行は、幽靈に逢ふといふのに、生きてゐる美人に逢ふやうに張切つて、大松山に出發したのである。

　何しろ一行は、廿年來一年中山を歩く山男ではあるが、何れも幽靈などこの世にないと信じてゐる文化人である……その上、山で鍛へた心身は鐵の心臓まで備へてゐるからたまらない。

「雪女は一體どんな女だらう」

「まあ入江たか子に似てゐると思ふよ」

「いや、ターキーの如く敏捷な女だらう」

「動作ではないよ、美人點だよ」

「山田五十鈴の如きか」

「飯塚敏子と花柳小菊を合せたやうな美女だらう」

「いや、違ふ」

「それ以上の女があるか」

「あるさ！　俺の女房を知らんか」

「馬鹿野郎！　ノロケルな」——等々、このにぎやかな一行は信越線を屋代から長野電鐵河東線に乘換へて松代で下車——これから目ざす「雪女」の現れる大松山まで地藏峠を越えて五里進む。前もつて、炭燒小屋を一軒借りてあるので、その小屋へ急いだ。

　覺悟はして來たものの、その夜小屋に入ると、物凄い强風が北信濃の山野の雪を全部かき集めて來てぶつつけるやうな猛吹雪となつた。

「雪女が、こんな惡黨面の野郎共が來たので怒つたんだらう。何しろ之は凄い」

「全く、吹雪地獄だね」

「俺のやうな好男子がゐるのに、もつと靜かになつて早く姿を見せないかねハハハ」

　朝から晝まではからりと晴れた天候だつたが、夕刻から吹雪になつて、夜に入つてまるで怒濤をかぶる小船のやうに、吹雪は小屋を飜弄して一寸たりとも戸口は開けられない荒れ方である。全く「魔の風山」とよばれてゐることの肯ける大松山の夜であつた。

　炭燒人の小屋で燃える圍爐裡を中に圓座してゐる私達に小屋の主の熊吉さんが
「雪女の出そうな晩ですぜ」と言つた。

「だつて、この吹雪《あれ》では外へ出られぬよ」

「處がもう暫く待つて御覧なさい、風が落ちますぜ……私などよく宵の中吹荒れて仕方なく風が落ちた夜更に山を下ると向ふから飛んで來たり、背後から追つかけて來るやうにして、先に走つたりしてよく雪女に逢ひますよ」

「綺麗な女かね」

「冗談でありませんぜ、恐ろしくて顔なんか見られますか。第一わしらは、雪女の顔を見てはならないと子供の時から教へられてゐますぜ」

「そりやあ、またどうして？」

「雪女の顔をみて、それが女房に似てゐれば女房が死ぬし、姉や妹に似てたら姉や妹が死ぬ。とにかく雪女の顔をのぞけば、身內の誰かに似てゐて生命をとられますぜ」

「生命を奪られる！　そんなことあるものか。迷信だよ」

「旦那方は、何んでも迷信だ、迷信だ、と申されますが、まあ惡いこと申しません、雪女など追つかけない方がいいですよ、ハハハ」

　やがて風がやや落ちた、と思ふと、忽ち附近の山から行者太鼓が聞えて來た。（これも多山の怪奇の一種で、雪崩が山々に木靈して起る現象です。遠くから行者太鼓の一行がこちらへやつて來るやうな錯覺を抱く、靜寂な山中に時ならぬ奇怪な物音である。昔からこれを信越東北の山人は「行者太鼓」といつて氣味惡がる）

熊吉老人は耳に手をやつて

「いやな晩ぢや、行者太鼓がきこえて來るなんて、山でまた死人が出ますぜ」

「ありや、雪崩が山に共鳴りする音だよ。迷信々々！」

「また旦那方は迷信と申されますがね、しかし、わしは生れてこの方六十年山にゐますが、きつとあの行者太鼓が鳴ると山に死人が出ますぜ」

「それで葬ひ太鼓ともいふのかね」

「そうですとも」

風勢はますます落ちて靜かな夜更けとなつた。

「もう戸を開けても、吹き込みますまい」

と熊吉老人は立つて木戸をあけた。そして叫ぶやうに言つた。

「旦那方、早う出てみなされ、雪女が出てゐますぞ！」

「それ！」

と一同はスキーを履いて飛出した。

雪明りに白々と見渡せる雪原、見ると彼方に人影らしい白いものが走つてゐる。

「あれだ！　遠くはない、二百米位だ」

六人の男達は早くも滑出した。

雪女は走つて行く。

それを追つた。

パタリと消えてしまつた。

「おい、見えなくなつたぞ」

すると、全く方向の違つた彼方を、細い白い人影が走つて行く。

「あゝ、あんな處へ出た」

またその方に走つた。またパタリと消えた。また曲つた方を雪女は楚々と走つて行く。

「本當に妖怪と昔の人の言ふ通りだね」

「追つかけないでこの邊で待機しやう、必ず今度は此方に現れるから……」

「そうだよ、龍卷はこの杉の木を中心に起きてゐるから」

と一本の大きな杉の木の下にみんな集つた。一同の瞳は、廣い雪原にそそがれて、何處からでも雪女が出たら、つかまへようと輝いてゐる。

「そら出た！」

と一人が叫んだ。指さす方をみると、淡い雪煙が起つて、それがだん／＼濃くなつて行く。しかし細い短い人間の丈程の高さである。

「來る、來る、此方へ來るぞ」

「妖怪變化いよいよ來たか」

雪女はするすると雪原を走つて此方に來る。

たゞ一つの雪のかたまりであつて、顔も手足もありはしない。

「よく、雪女とつけたものだね」

「雪女の姿を見たり小龍卷」

と誰か駄句つた。

雪女は段々近づいて來た。あと二十米程で吾々の目の前に來る——その時、急に風向きが變つて、雪女は突然坂の上から滑り落ちるやうに丘を下つてしまつた。

それを眺めて一人が叫んだ。

「おい！　今の雪女の姿！　あの丘を下つて行つた後姿で、誰かを思ひ出さぬか？」

「思ひ出すよ。巧みに身を曲げてゲレンデを滑つて下りる女スキーヤーの後姿そつくりだね」

「廿米程前の急轉廻といひ、丘を下る時の型といひ……」
「女流スキーヤー山田好美さんに似てゐる」
「いや、その姉さんの政代さんにも似てゐた」
「そうだ！　しかしこの事は熊さんには言はない方がいい」
「そうだとも……」
すつかり冷え切つた夜更けの雪原を一走りに滑つて、小屋へ轉り込むやうに飛込んだ。

案の定、老人はきいた。
「旦那方、雪女は誰れに似てました」
しかし誰も言はなかつた。

その次の日、前夜の暴風雪も怪奇も忘れたやうに山は晴れた。吾々は山道を登つて菅平スキー場に出た。

此處は「日本ダボス」と謂はれてゐる大スキー場、東京から顔見知りの連中も澤山來てゐた。

處が！　熊吉老人の不吉な話はピタリと的中してゐるではないか。スキー仲間の話に依ると、その前夜、卽ち吾々が「行者太鼓」をきき、「雪女」を見た夜——くわしく言ふと、昭和九年一月二十二日夜、淺間山で大雪崩があつて、山の小屋にあつた東京ＹＷＣＡスキー部の男女六名が死んだといふのである。その中に、吾等が噂した女流山岳人として有名な山田好美、政代の姉妹もあるといふのである。

あゝ、あまりに悲しい的中である。

吾等は今更の如く「雪女」に絡はる山人の言傳へを恐ろしく考へさせられたのである。(完)

編輯後記

あまり少い事實から、あまり多い結論をひき出すのは危險である。あんまり結論を見出すことに熱中すると、丁度トルストイの童話に出て來る惡魔の親方のやうに、それこそ本當に頭を働かさなくてはならないことになる。人は一生の間にどれ程多くのことをなさねばならぬだらうか。この督促は痛いところだが、結論は決して必要ではない。そんなものは誰か頭のよい數學者か哲學者かゞ計算してくれるに違ひない。我々は皆必ずしも頭がよいわけでもなく、數學者でもなく哲學者でもない。我々は夜、枕に頭を當てた時、計算出來ないものゝ爲に迷つて居るのである。そして、こんなにも惜しくない命の（或ひは惜しい命の）使ひ道のないのに自らを苦しめて居るのである。然し、人は自分の命を自分で仕末しなくてはならない。何程か多くのことをなさねばならない。生れて一ヶ月にならぬ子供でさへ、ゴムの乳首を吸ふ。氣の毒なことに、彼はそれから何も出て來ないことを知つて居るが、然し、それは諦觀を抱きながら吸つて居るのではない。何ものか必死なものが彼に吸はせる。それは我々の持つて居る終ることのない使命を我々に思ひ出させる。

何故、必死なのか。我々は唯、終ることのないのを知らなければならぬ。

（竹田）

軍艦の帆柱

土屋寧

「──時に旦那、わッしは大變な木ば買ひました！」

材木商の並木虎三は、Y村の財産家市川安次郎が朝飯をすましたばかりのところに來て、久しぶりの挨拶をして、お茶を一口御馳走になると、皺枯れた聲でから云つた。彼は安次郎とは長い間親しい間柄で、年利一割五分で金を借りて商賣をしてゐたのだが、こゝ三年ばかり安次郎を訪ねなかつたのである。

「誰が何《あ》んと云つたつて、あんな木はめッたにねえですさ！　何《あ》んしろ目通り六尺、枝下十二間ときて、先《うら》も元もねえ──先《うら》さいけばかへつて太《ふて》いぐれゐの木ですからな。何《あに》に使ふかて、おッ母《かあ》さん？」

虎三は目尻の下つた兩眼を見はつて、安次郎の妻タケに云つた──

「そら何《あに》んだつてなりますさ、おッ母さん。軍艦の帆柱にだつてなりますぜ！　何んしろ先《うら》も元もねえ、丁度《まッて》から云つた木ですさ」

虎三は右の親指と人差指で、左の人差指を元から先へとなであげた。その指は節くれだつて、先へ行くほど太くなつてゐた。

「實はこんないい木ですからな、折角手に入れたばッかしで、手離したくねえが、どうにも金がいるもんで……。ほかにも欲しいて人はあるにはあるんですが、どうせのことなら、今までお世話になつてた旦那に持つてもらべえと思つて來たわけですさ」

虎三は面長なタケの白い顔から、胡麻鹽髭をのばした安次郎の圓顏に、視線を移してから云つて、圓く禿げあがつてゐる頭を下げた。

「さうか」

安次郎はかるく頷いた。(久しぶりで何んしに來たと思つたら、木ば賣りつけに來たのか。油斷がなんねえど。いくら人がいいたつて、材木商《やまし》はやつぱり山師だからな)と、安次郎は思つた。(何んしろ前に借金ば期日までに拂はなかつたほどだからな。)彼は三年前の事を思ひ出した。――それは、今から四年前に虎三が安次郎から千圓借りて山林を買つたが、失敗して、一年後の支拂期日が來ても支拂へなかつたことで、其時安次郎はすぐさま訴訟手續をとつて、四段歩の田地を貸金のかたに取つた。(その土地は現在では三倍もの値に騰つてゐる。)――その時から虎三は安次郎を訪ねなかつたが不平がましい事も口にしなかつたので、虎さんは材木商《やまし》に似合はず人がいい――「お人よしの虎さん」と云はれるやうになつてゐた。

「まァ久しぶりで、土産として持つて來たわけですさ、おッ母さん」

虎三は黒ずんだうすい唇に微笑をうかべて、タケに頭を下げた。

「何んしろ、あん時にはわッしも全くしくじつちやつて、旦那やおッ母さんには合す顏がねえと思つてますさ。そッだもんで、つひお宅の敷居が高くて……」と、虎三は禿げあがつた頭を三度ばかり掻いて、苦笑して、更に言葉をつゞけた。

「それでも、今となれば田地が騰《あが》りましたからな、旦那には損はかけなかつたとよろこんでゐます。今日はあん時の埋合せに來たんですさ。何んしろかうやつて商賣《しやうべえ》やつてゐられッのも、全く旦那やおッ母さんのおかげで、旦那らの手ば離れちや俺《こひ》ら商賣があがつたりですからな。それにおッ母さんとはおんなじ產土神《おほすな》で生《ま》ッだんですから、惡《わり》いことなんか、藥にしたくも出來やしませんや」

タケの面長の白い顏に無數の小皺が寄り、金の入齒がちらりと光つた。彼女は虎三と同村——Y村の隣村の財產家に生れ、今から三十五年前に安次郎のところに嫁いだ。虎三とは小學校で同級であつた。その關係で虎三は安次郎から金を借りてゐたのである。

「お父ッさん、そんなにいい木なら、見てみたらよかッぺえや。折角虎さんが來て下《く》ッただから」

「まァさうして下《く》ッだいや。論より證據ですから、旦那すぐ見て下《く》ッだい」

二人は自轉車に乘つて出かけた。Y村から田圃道を通つて、N村外れの杉林で自轉車を下りて、のびはじめた薄をふんでしばらく行くと、崖に出た。それは十間ばかり急勾配で、それから又四五間緩い勾配となり、その下は平地で、そこも杉林になつてゐた。

「あれですさ、旦那」

虎三は崖の上から下を指差した。

その木は崖の中腹から緩い勾配に沿つて、下の杉林の中に長々と横たわつて、つべ〳〵した幹は鬱蒼としてゐる杉の大木の間から洩れる日の光をうけて、靑大將のやうに蒼白く光つてゐた。

「どうです、旦那」

「うむ……」

安次郎はじつと見下してゐた。（いゝ木だ！　全くいい木だ！　百兩の値打は十分ある）と、彼は思つた。

「ひとつ尺をあてゝ見ませうか？　こゝからあすこまで――」と虎三は木の元から先へと指差しながら云つた。「十二間に切つてあッですさ。あんなに細く見えますが、あッで目通り六尺一寸で、先《うら》さいつてもちつとも瘠《こけ》てねえです。そら尺をあててみればすぐわかりますがな」

「うーん、あてなくとも……」

木は先へ行けば行くほど太いやうに、そしてじつと見下してゐると、太くて長い〳〵大蛇でもあるかのやうに、しつとりと蒼白に光つてゐる幹全體がモク〳〵と靜に動き出しはじめる――かう安次郎の眼には映つた。（いい木だ！百兩でなら持つことにすべえ。こんな木はめッたに手に入らねえぞ。）

「あじようだッたや、お父ッさん」

二人が歸るとすぐ、タケは安次郎にかうたづねた。

「あじようもかじようもあッがね！　おッ母さん。わッしの云ふのに寸分ちげえねえですさ。旦那はすッかり氣に入ッちやッたもん」

「ほんとうかえ、お父ッさん？」

タケは夫を見あげて念をおした。

「ほんとうですともさ！　おッ母さん」

虎三は一段と皺枯れた聲を高くして云つた。それから、安次郎が圓顔に苦笑をうかべて頷くのを認めてから、急に聲を低くして云つた。

「實はな旦那、今だから云ひますが、あの木は收入役さんが讓つてくれと云つたんですが、わッしはやらなかつたですさ。あの收入役さんは旦那も知つてるやうに、楤《たらのき》を買ふ人でせう」と、虎三は二人の顔を見つめた。（一年前にＹ村の收入役が楤で母家の裏板を張つたのは、此の近在で有名な話になつてゐる。）「この楤の根は『タラコン』て、三代將軍家光公に仕へた漢法醫の大家村井弦齋が發明した萬病の藥になるんですぜ。それだから楤で裏板を張れば、家内中が一生病氣にかからないですむんです。その木を買ふほど念の入つた收入役さんですもの、なんであの木を見のがしませう。何しろ經濟博士て云はれてる人ですからな、すぐ讓つてくれと來ましたな」

「さうか」

安次郎は靜に煙草の煙をはき出した。微笑してゐた顔がひきしまつて、こめかみの筋肉がぴく／＼動いた。（畜生！奴めか！）と、彼は心の中で叫んだ。（收入役の奴か、買ひていて奴は！　あの野郎、あの木ば買つて一ト儲けしようと思ひやがッて！　とんでもねえ奴だ。）この收入役は期日よりも早く税金を徴集して銀行に預けて日歩を儲ける程の男で、Ｙ村では金儲けの上手なのは收入役か、安次郎かと云はれてゐて、互に敵視しあつてゐた。

「いつたい、いくらだえ？」

安次郎はゆつくり云つた。

「さうさな、収入役さんは百五十兩で讓つてくれと云ひましたが……」と、虎三は安次郎の顏を見つめて云つた。「何んしろ外でもねえ旦那のとこだし、それに急に金がいるもんだしすッから、買つた相場の百兩で持つて下《く》ッだいや」

「百兩——高い！」

「何が高いもんか、旦那。今見て來たやうな木ですぜ。軍艦の帆柱にだッてなるですど」

虎三は「軍艦の帆柱」に力を入れて云つた。

「さうかえ、そんなら買ふことにすべえが……」と、安次郎は云つた。

しかし、彼はもう小し値切つてやらうと思つてゐた。(百兩——高くはねえ。収入役の奴が百五十兩につけたのなら、まァ安く見積つても五十兩は儲かるな。でもなァ、虎公今金に困つてだから、もう少しまけるかもしれねえぞ。さうだ、まけさせただけ得《とく》だからな)と、彼は考へた。そこで、彼は虎三の顏を見つめて、かう云つた——

「ところが今日は生憎金がねえから、明日まで待つてくれや」

「旦那とこに金がねえなんて！　そんなこと云つたら、世間で金のあるとこがあッがえ。旦那笑らはせちやいけねえや」

「そんなこと云つたつて、百兩なんてねえや。丁度二十兩ばッかり足んねえよ」

「旦那、そんなこと云ふもんぢやありませんぜ。わッしも今すぐ金がいるもんで安く手離すんですぜ。何しろ、正直なとこ九十兩で買つて、それに根切《ねぎり》の手間賃や何んか拂つたんですから、ちッとも儲けねえでかへつて損してるぐれゐですど。明日なんて云はねえで、今日にして下《く》ッだいや。なァおッ母さん、俺も買ひたいて収入役さんとこ行かねえで、かうやつてわざ〳〵旦那とこさ來たんですからな」

虎三はタケに頭を下げた。

タケは夫の顔を見あげてゐた。その眼は（明日なんて云つたら、お父ッさんや、きつと收入役に買はれちやべえよ）――と、安次郎に云つてゐた。彼女は夫の兩眼が細くなり、光が失せて來るのを見る、そこに彼女は夫の承諾の表象《しるし》を讀みとつた。

「なァお父ッさん、明日なんて云ッてて、そんないい木ば人に買はれッちや困まッぺえ。足《たん》ねえたしいは妾《わし》が出しとくべえよ。明日拂ふのも、今日やんのもおんなじだからなァ虎さん」

彼女は虎三の前に十圓札を十枚並べた。

「やッぱりおッ母さんでなけんなんねえ。こッでわッしも助りました」

虎三は叮嚀におじぎをして、札を懷に入れた。そして、立ちあがりかけて云つた――

「何《ああ》に、酒はこん次に來て御馳走になりますさ。其の時まで預けておきます、おッ母さん。何《あん》しろ今日はとても忙しいもんでな、けふ日酒はめッたに買ひねえから、ゆつくり御馳走になつてゐてえですけど……。それでは旦那どうもありがたうございました。おッ母さん助りましたよ」

虎三はもう一度叮嚀に頭を下げてから、歸つた。

市川安次郎は百圓で「軍艦の帆柱」になる木を買つた。彼はもう少し――せめて十圓だけでもまけさせようとしたのにタケが急ぎすぎて、それが出來なかつたのが不滿ではあつたが、高く買つたとも思はなかつた。彼は大工の源太を呼んで木を鑑定させてから用材に挽くことにしようと考へて、竈場《かまや》で酒の仕度をしてゐた女中に源太を呼びにやつた。源太は數日前から足を痛めて、仕事を休んでゐた。

「何《あん》だや旦那、今日？」

は源太は女中が酒を運んで來たので、かう云つた。彼は長い間安次郎の家に出入つてゐたが、酒を御馳走になつたことはなかつた。

「何《あに》に虎公が久しぶりで來たから、御馳走してやッぺえと思つたら歸つたから、お前《めえ》に御馳走すべえと思つてさ。まァ、ゆつくりして行け。見せたいものもあるからな」

「うーん、虎さんが來たんですか。あの人のいいな……」

源太は圓い眼玉をクル〳〵させて、侮蔑的に笑つた。

「さうだよ、虎さんが久しぶりにいいものを持つて來て下《く》ッだだよ」

タケは白い額に無數の小皺を寄せて、微笑した。

「うーん、そら何んだや、おッ母さん？」

「先《うら》も元もねえすばらしい木だよ。軍艦の帆柱にだつてなる木だよ」

「そらほんとうか！　旦那!!」

源太は盃をおいて、膝をたたいて、安次郎を見つめた。

「ほんとうさ！　お前にその木ば見せべえと思つて呼んだんだ」

安次郎は微笑を浮べ、兩眼を細くして、チュッと音をたてゝ酒を一息に飲んだ。

「えらいことになッたど、旦那！」

「どうして!?」

「どうしてもかうしてもあッかえ！　あん木は椋《むくえのき》で何《あ》んにもなんねえだァど！」

「何んにもなんねえ!!」

安次郎とタケは同時に叫んだ。

「何んにもなんねえともさ！　あらもう腐つてゐッぜ
「…………」

安次郎とタケは默つて、もう一度顔を見あはせた。

「あの椋《むくえのき》て奴は、旦那、鯖と同《おんな》じだ。木の鯖てとこさ。鯖の『生き腐れ』で、鯖は生きてても腐ッてが、あれも『立ち腐れ』で、あじようにもかじようにも始末におえねえ木さ。何《あ》に？——收入役が欲しがッたて、おッ母さん！　そら嘘だでえ！　虎さん買つたはいゝが始末に困つて、收入役さ賣りつけべえと思つたが、ハネられたさ。そこは經濟博士だ、眼が利くは！」

「バカ！　バカッ!!　いらんおせつかいしやがって！　百兩なめらッだでねえか！」

安次郎は源太の話が終らないうちに妻の全身にかう浴びせかけた。

「百兩!?　何んだえ、旦那、そんなに大金出したのか。あら虎さんが二三兩で買つた木だァど。えらく儲けらッだな。旦那もとう〳〵人のいい虎さんにやらッだなァ」

「見やがれッ!!　畜生！　女《あまこ》のざッぺえに、餘計口《よけいぐち》こきやがッて！」

安次郎の妻をにらんだ、吊りあがつて充血した兩眼は、怒つてゐると云ふよりも、泣いてゐた。

「何んとかなんねえかえ？　源さん」

「何んとかなんねえかて、おッ母さん、もう腐つてゐッ木だァど。何んしろひつくりけいしてかん、かれこれ二ヶ月にもなッだかんな」

「そこを何んとか考へて見てくッろや、源さん」

「そんなこと云つたッて、おッ母さん……。そんなら何んだッて、早くわッしば呼ばねえだや。『おい源公一寸來い』とな。ほうすればわッしが飛んで來てやんのにさ」

「そッだから俺が明日まで待てて、云つたでねえか！　それを女《あまこ》のざッぺえに、俺が源公と相談すべえと思つた氣も知りもせねえで、ほッだかんこんなことになッだ！」

安次郎は怒鳴つたが、タケをにらんだ兩眼は力なく、酒がいつぱいにつがれてゐる盃を見つめた。

タケは源太に酒をつぎながら、尙も云つた――

「全くよ、何んとかしてくッろや。なァ源さん」

「ほッだッて腐つてる木だかん、なアおッ母さん、バカでも見つけて賣りつけるほかしようがあんめえ」

「そんならそうしてくッろやな。賴むかんな」

「ほッではバカ見つけべえ。ほかでもねえおッ母さんの賴みだかんな」

源太はバカに力を入れて云つた。

晝過ぎ、源太は足の痛さなど忘れて、千鳥足で安次郎のところを出た。そして、眞赤な顔をして、兩眼を大きく開き、充血した圓い眼玉をクル〳〵させて、會ふ村人に――男でも女でもかまはずに、かう云つた。

「景氣がいいな源さんも、何《あ》んだも彼《か》んだもあッがえ！　あの人のいい虎さんがよ、腐つた木ば市川の旦那に賣りつけだぞ！　あの虎さんもえれくなつたでねえか、あァ！　ウイッ……ほッだかんこれからだなァ、ほの『軍艦の帆柱』とやらをだ、バカ見つけて賣りつけなけんなんねえだ。市川のおッ母さんに泣いて頼まッだかんな、どうだえ！　泣いて頼まッだだど。――だがなァ、虎さんもえれいな。あのけちんぼうから百兩せしめたかんな、なァ！　大將。ウイッ……」

附記　作者は村井弦齋なる人を明治時代の文學者として知るのみで、徳川時代にかゝる漢法醫がゐたかどうか、「タラコン」なる萬病の藥があるかどうか、又これが村井弦齋の發明にかかるものかどうかを知らない。

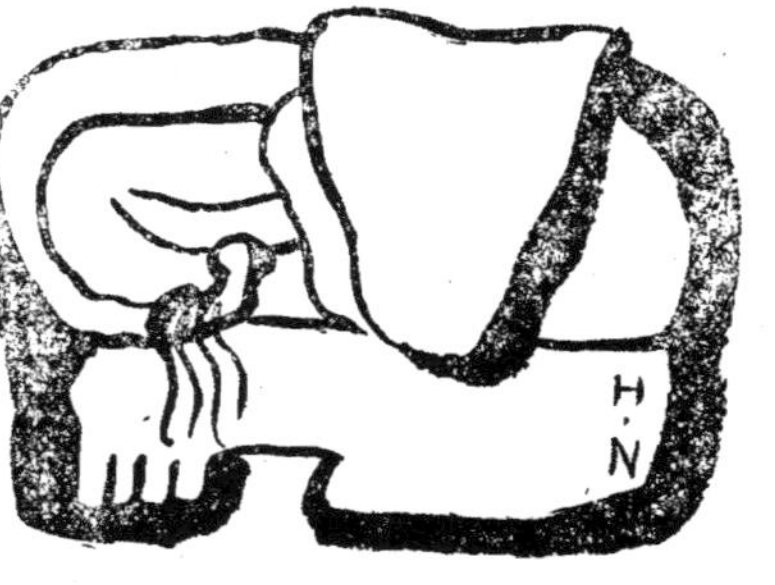

欠伸

關根弘

一

久しい前から覺《さとる》は窓のある部屋に書齋を構へたいといふやるせない望みを抱いた。窓の中にゐる自分——それは外から見られることを意識してだが——を發見し、ひとり端座して窓から外を眺めるといふ優越境に浸ることが出來たら、その上希望など持たずとも良いとさへ思つた。已れに附纏つてゐる暗い影を見つむるたび、覺は肉體よりも影の方が知らぬ間にずるずる生長してゐるのではないか、といふ不安に囚へられ、否應なしその影の中に、漠然たる死の豫感？　いや、それよりももつと奥の、或ひは手前の、希望の死、を認めさせられてゐた。眞晝間でも不意に襲つて來るこの孤獨の想ひは、覺につとめて廣い道を避けさせ影の見えない庇の道を選ばせるが、しかし、自分の部屋にゐる時はどうしたら良いだらう、夜は必ずやつて來る。所詮、頭を抱へて寝て了はなければならないこの感情を、恐れながらも自ら突つつかねばならない感情との相剋の夜は。——

ぽつかり窓が明いてゐたらといふ思ひつきはそれからなのだ。窓のある部屋、それは外界の刺戟による觀念の逃避を可能ならしむるだらう。

　が、果して、覺はまた考へて見なければならなかつた。若し窓のある部屋が與へられたとしたら、今の希望は失はれる。進む希望から、退く希望へ、そしてそれが達成されたとき俺は前より一層孤獨にならないだらうか。寧ろ影との對話に自らを失ふまいと惱みつゞける夜がまだしもなのではないだらうか。

二

　杞憂では無い！　覺はこの町に移り住んだ頃から行きつけの喫茶店を思ひ出す。遠く離れてゐるとき、その家は闇の中の唯一つの燈火のやうに思ひ出される。

　覺はそこの女に一度戀をしたことがある。或晩、女が手紙を吳れた。型通り覺も返事を書いた。それから急速に二人の心は隔てが取れ、屢々向合つた二人の間を拒てるテーブルは邪魔なものにされたが、ある感情の頂點で、目をうるませた女に、ねえ、結婚して吳れる？

　と訊かれたとき、覺ははじめて本當に愛してゐるのは女でなくて、その店の窓から闇に流れてゐる寧ろ冷やゝかな光の霧にほかならないと知つたのだつた。女は間もなく店をやめた。覺はそれからも通ひつゞけた。

　人形の首をすげ替るやうに女達は變つた。丸四年といふもの覺は最早や彼等に興味なく、外の光目當に飛込んで行つた。それは悲しい習性である。遠くから光の霧を眺めてゐる中は良い、近づいてピンクのカーテンの窓を見るのも良い、扉を押すまでも良い、が、あとは虚無的エロティシズムと野蠻主義の獄《ひとや》に身の置所も無いに拘らず、なほ飛込んで行かずにゐられないのは、黄金蟲が電球めがけてぶつかり、光の中心求めてガラスの地球をのたうち廻る姿に似てゐた。女が傍らに來ても黄金蟲は自分から口を利けなかつた。いつか覺は變つた人の一人として扱はれ、女達は彼が入つて行くと仲間同士ひそひそ話をはじめ、意味あり氣に笑ひを交した。が、時々馴れない新顏がひつかゝつた。

「どこへ行つて來たの」

「丹下左膳見て來た」

「良かつた？」

「立廻りが良い」

「あたいも何だか分らないけど立廻り好きよ」

　それ以上取合はないと彼女も次のときから近寄らなかつた。また或る女は、穴のあくほど顏を見つめて言つた。

「退屈でせう」

「結構面白い」

　さう言ひながら覺はクンパルシタの音樂に合せてゐた足をとめて大きな溜息を吐いた。

三

何も望まないが良い、と覺は言つて見る。馬鹿な、反撥する聲はまた何處からか起こり、それは結局、お前が窓のある部屋へ移れるわけがないと確信してゐるためではないか、諦めた結論ではないか、詭辯だ！　と鋭く迫つて來る。さうだらうか。俺は矢張り逃げなければならないだらうか。覺はまたしても內心の聲に耳を傾けて机に身を投げる。

隣の部屋にはいつも母がゐた。或晩、

「お前はあくびばかりしてゐるね」と母が言つた。

「いゝえ、そんなことありませんよ」覺はさりげなく答へたつもりだつた。

「屹度、胃腸が惡いのだよ」

「僕は頭が痛いのです」

「胃腸が惡ければ頭も痛くなるよ」

さうかなあ、覺は口の中で思つた。そしてふと襖をきちんと閉切つてあるのに、どうして母には自分の欠伸をするのが分るのだらうと不思議に思つた。しかし、心を澄してぢつと母の部屋とを距てた襖を見つめてゐると、それは覺にも當然のことに思へて來た。親子の間では襖一枚の境界など互ひの秘密を守る何の役にも立たないのだ。覺もまだ母が起きてゐ、こちらに丸くこごめた背中を向けて針仕事などしてゐる姿が彷彿と透視出來る。親が子の感情の中に思ひを潜めてゐることが、それはあり得る。――覺はそのとき本當にあくびをしたのではないが、若しかしたら母はあのことを知つてゐるのではなからうか、と一層急に寒い氣持になつた。

四

二三日前のこと――覺は編輯長の命をうけて××林材協會の常務委員會に出席した。それは山林、木材關係の大手筋の集りで、M二財閥からもそれぞれ部長が派遣されてゐた。彼等は大東亞の木材を如何にして交流させようか、と座談してゐた。覺には彼等が眞面目に話してゐるのか、茶化してゐるのか、その場の空氣が摑みかねた。そつぽを向いて、ゆつくり唇を歪め、話し終つたとき自分の言葉の効果を確めるやうにぐるりを見廻す。誰が話すときも同じだつた。そのくせ座談の內容は二つに分れてゐる。N洋林業やT亞拓殖の側の人達は、皆さんが若し仕事をなさるのでしたら、私らの事業地とは別の所でやつて貰ひたい、と言つてゐる。その反對の未だ南洋を知らぬ人達は、お說は御尤もだが國家有事の際だからまあ仲良くやりませう、と言つてゐる。手を替へ、品を替へ、言葉を替へて、覺にとつては所詮夢の國でしかない、寒暖計の頂上。椰子の木、ゴム林、スコール、裸の女、ぎらつく海、ジャングルを恰も己そのもの自分の有に歸したが如く計畫して止む所がない。

ボオイが馴れた身のこなしで音もなく入りスイッチを押

したとき覺はやうやく救はれた。燦と輝いたシャンデリアを見上げ、それから表に視線を移した。未だ暮れるに早い時刻であつた。レストラン××亭の窓からは、往來一つ距てた向ふのビルのコンクリートの鋭どい角度。長屋式赤煉瓦の三菱ビル。その瓦屋根に消殘つた雪。雀も鳴かない並木などが、不思議な白い靜けさを保つて見えた。いつしか覺の頭は退屈な經濟問題から離れ、この部屋の人物も窓の外に置く錯覺に成功した。

「それは何と奇妙な光景だらう」

　彼等の會話は蟲の囁きとしか聞えない。彼等は誰一人としてシャンデリアの異變に氣づいてゐない。それが彼等にいまは色褪せた面紗《ヴエール》を衣せかけてゐるのも知らぬ顔だ。覺はこのやうな古ぼけた雨の降る外國映畫《フイルム》をどこかで見た、と思つた。いや、その記憶はもつと古い。――彼等の顔は覺が幼い夢の時代にかぼそい指に握りしめたクレヨンのペーパの王樣の繪だ。赤青黄黑白藍橙紫とりどりの王樣だ。今、不思議なのはその頃には想像したことのない極めて肥つた王樣や、きりぎりす見たいな王樣が此處にゐる。さうだ、王樣は自分で灯りをつけなさることはないだらう。すこうしでも暗くなれば誰かゞ灯りをつける。また王樣はデスクにチリがすこしでも溜つてゐればすぐ從僕をお叱りになるが、いつもデスクの綺麗なわけは決してお訊ねにならないだらう。

　覺はふとこんな童話を頭の中に書いた。

五

「十二色の王樣が一番强い王樣の御殿で、或日、金のお城を作る相談をしました。試しに一度造つたことのある、青い王樣と白い王樣は、それに餘り贊成しませんでした。造るのなら僕達のお城を眞似して不可ないと言ひました。さうは言つても他の色の王樣も、青、白の王樣達に負けず劣らぬ大金持でありましたから、ぜつたいに造らせないわけには行きません。

『それは亂暴だ』

『それは亂暴だ』

　と他の色の王樣が叫びましたので、青、白の王樣達は何とかして皆をだまさなければなりませんでした。それで、

『皆さんがそんなに熱心なのでしたら仕方がありません。それでは僕達は一度造つたことがありますから皆さんのお手傳ひをしませう』

　と申出ました。悪賢い青と白の王樣は、内々ではお手傳ひをする時に澤山金をごまかしてやらうと思ひついたのです。他の色の王樣はそれには氣づきませんでしたから大喜びしました。

　お話はだんだんこれから面白くなります」

が、果して、と現實に引戻された覺は考へた。この話は面白くなるだらうか――。彼等は退屈さうに集り、退屈さうに話をして、退屈さうに手を握り合つて別れるのではないか。さうして幾たびもそれを繰返してゐる中に退屈さうに結論に到達するのだ。彼等は本當に退屈してはゐない。もつとも退屈さうに見せる王樣がその中で一番仕事をすると見られてゐる。本當に退屈してゐるのは結局、その退屈な話を記事にする自分にほかならない。

「あゝあ」覺は大きな欠伸をした。するとその欠伸の終るのを待構へて次の欠伸が出た。それがきつかけで覺は幾たびとなく咽喉の筋肉にだるい運動を强ひられた。退屈の假面、禮儀正しい、欠伸の出來ない王樣達はジロジロ覺を睨みはじめた。と、また咽喉の筋肉を押擴げて伸上つて來る息の塊を堪らへ覺は涙に睫を濡した。

六

「疲れてゐるんだな君は、腦をすりへらしたんだよ」

　ある友達が覺の問に答へて言つた。母は胃腸が惡いのだといふ。腦と胃腸と欠伸とは一體どんな關係があるのだらう。すべて身の中の出來事であるから、その間に何か有機的作用があるやうな氣もする。が、そんなことよりも覺は大きな問題にぶつかつたのだつた。なにげない母の忠告は以後暗い影を見つむる覺に、欠伸をしてゐる影を眺めたい欲求を起させた。欠伸をする影。それは一種異樣な感動を伴はずに置かなかつた。例へば深夜の月の舖道で――。それはもう一人の自分ではない、客觀する餘裕とて無い、この上ない絶望の投影。

　いまは影を見つめなくとも「あ、ああ」と口を開くごとに深いかなしみが心を傷める。

「最早や窓のある部屋も俺を救ふまい」

　欠伸の一つ一つは肉體のどこかを崩し、そして忘れねばならぬ虛無《ニヒル》の線は絶へずかき亂されるのだ。

七

　覺はもう影に細心の注意を拂はなくなつた。目についたらそのときの勝負、さう固く心に誓つた。

　しかし、それからは前にまして不可なかつた。新聞社に行かうと家を出ても途中で氣持が變つて了ふ。賑やかな街を心に描き、其處に行く。ひとりでゐるのが嫌なのだ。當なしに歩いてゐるやうな人々の波に揉まれ流れて行くときに覺はなぜか安堵した。とは言へ、そんなときでも、

「彼等の惱みは俺のものでなく、俺の惱みは彼等のものでない」

　こんな考へが不意と心を掠めると、いつもの發作がやつて來て、しようことなし往來の眞中でも、大きな口を開けて立往生する。

さうなつてから覺は自然他人の欠伸に注意するやうになつた。電車を降りた學生、パン屋の行列の女。ビルヂングの人。エレベーターの中のエレベーター・ガール。それらの人はきまつて薄暗い日に欠伸をしてゐた。そんな觀察の中で覺の欠伸もまた協和音を奏でゝゐた。しかし、彼等も知己でない。樂觀主義《オプケミズム》、と覺は呟いて見る。

八

心に描く賑やかな風景の中で覺がもつとも愛するのは淺草であつた。新聞社に行かずに良く淺草に行つた。

吾妻橋の上から玩具の様な東武電車が渡つて行く鐵橋や電車の形したデパートの屋上の子供ケーブル・カーなど眺め、ポンポン蒸氣に心をのせて隅田川の上流を遡つたりする。そんなとき覺は幼い頃を思ひ浮べる、甚だ回顧的な自分を見出すのだつた。出來ることならと覺は思ふ。――もう一度過去つた時代を生活して見たい。その還らぬ過去をそのまゝに刻みつけた自分の影は躍るやうな漣を立てゝ流れてゐる川の中にある。覺はペッと唾を吐き橋の欄干を離れる。あるときは地下鐵《メトロ》横丁から新仲見世を抜け、オートパイや月形半平太やシュバリエの看板の下を歩いて行くこともある。が、そのことがあつたのはやはり物思ひに沈んでゐた橋の上なのだつた。

その頃の季節にしては珍らしく晴れた日、ええん、ええん、旋風は埃の中にあり、窓のやうな空にキラキラ何かゞ光つてゐた。

「××さん」

背中から呼止められて覺は振向いた。それは知らない女《ひと》だつた。相手を傷つけぬやうに覺は默つたまゝ首を振つた。女は信じかねる風に動かず、覺の目の中一杯になつた。不思議と慾情の伴はぬ空洞な凝視――。女の目の中を鷗が飛んでゐるのを見た。

覺は歩きはじめた。が、三歩と歩かず後に氣を惹かれた。女も反對の方角へ、十字路を渡りかけてゐた。肩かけが無かつた。帶の間に手を挾んで、みすぼらしかつた。シグナルが赤になつたが女は急ぎもしなかつた。なにげなくデパートの時計臺を見上げ欠伸をした。その口元が他の何處よりも可愛かつた。

と、胸を衝かれ、覺は女の素性が分つた氣がした。が、それよりも覺はその欠伸の中に飛込んで行きたい瞬間を先に感じた。

「毒があつても良い、あの女と退屈な話がして見たい」

覺はソログープを思ひ出した。毒の花園を育てた本草學者の娘、體中毒の血が流れ、吐く息さへも毒氣を持つ女。そしてその女に抱かれ幸福に死んで行つた男。

（一七・二・二八）

人間修業

熊岡初彌

十二

敬造は元來が善良で親切な人間であつた。涙もろくさへあつた。五九郎劇など見てぽろぽろ涙を流して泣いた。勝子は主人が泣けば泣くほど冷然と構へてゐた。芝居小舍を出てから主人は泣かない妻を顧て

「あんたは冷淡だ」

と云つた。勝子は

「あたしや貴方ほど安つぽく涙を流しません」

と答へた。彼女はさう答へながら心の中で、主人はあんな作りごとに涙を流すが、その癖わたしが死んでも涙一つこぼさないだらうとすこぶる不滿に思つてゐた。ところが敬造はあれが作りごとだからこそ容易に涙が流せた。それは自己の混らない、快くさへ感じられる涙であつた。妻の死の場合、ほんとに彼はあんなに多量な涙を易々こぼしはしないだらう。

併し、極く僅かの、この上もなく苦痛な涙を搾るに違ひない、勝子にはそこのところのけじめが分らなかつた。主人にもそれを說明することが出來なかつた。そして二人はまたしてもお互ひの性質に新な反感を懷き合つた。

敬造が誰かに親切を盡すのは、相手が彼に相當の感謝を感じまたは示すか、その親切を行ふことによつて自分に損失乃至苦痛を招かない場合に限つた。相手から無限の感謝を期待出來たときには、敬造の親切にも限りがなかつた。ときによつては妻の着てゐるものを剝ぎ取つてまで親切を示したがつた。たゞ、これまでその相手がきまつて不幸な身の上の――或ひは、と稱する――藝者に限られてゐたので、彼の周圍の者の眉をひそめさせた。第二の、損失乃至苦痛を招かない場合に到つては、敬造の最も得意とするところであつた。それは誰かゞ彼に助言や忠告を求めたときである。この場合、相手が主に男性で、別に後ろめいた氣持を感ずる必要がなかつたので、彼の生來の親切心も止め度を知らなかつた。初め感謝して耳を傾けてゐた相手も、耳が遠くなるほど繰りかへされる忠告や、それに對する眼が廻る位夥しい實例の枚擧のために、しまひには憂鬱になるのが例である。

ところが妻の勝子に限つて彼の親切を示す對象たり得なかつた。藝者ならときとすると、拾圓の金をくれてやつても敬造を命の恩人のやうに有難がつた。併し妻の勝子の方は、月給をそつくり渡しても至極當然のやうな顏をして受取るばかりか、彼が少し小遣ひを取り過ぎた月など、直ぐ經濟の不如意を訴へた。また勝子は彼に向つて忠告がましい言葉を並べることはあつても、ほんとうに遜り下つて敬造から助言を求めたことなど、曾つて一度もなかつた。

つまり主人には妻の心が、每日履き飽きてゐる自分の靴のやうに、餘りに自分のもので、また餘りに分り過ぎてゐたので、今更それを撫でたり磨いたりする氣になれなかつたのである。

勝子はふだんから夫のさういふ總てを慊らなく思つてゐた。併し今は、慊らないなどゝいふ生ま易しい感じを通り越してゐた。夫が嫁に親切を示すのはいゝ。それは勝子も認めた。だがそれがために誰かを犠牲にして――妻の自分を家中の除者《のけもの》、いや惡者にしていゝといふ道理はない、そんな得手勝手は絶對に赦せないと彼女は思つた。

勝子は百年の仇敵に對する憎惡をこめて夫の赭く染つた丸い顔を睨みかへした。二人はさうして長いこと睨み合つてゐた。

外ではまた夕方から降り始めた雨がしとしとと降り續いてゐた。

敬一と花枝はそつと二階の自分達の部屋に引揚げた。夫は机の前に坐つて、電氣の笠の周りを飛び廻る弱々しい一匹の白い蛾を眼で追つてゐた。そして何氣なく

「この蛾ももう終りだなあ」

と呟いて傍らの妻を顧みた。すると花枝は慌てゝ顔をそ向けた。併し敬一は妻の眼に涙が湧き出てゐたのを見逃さなかつた。

「おい、何を泣くんだい」

と彼が聲を掛けると、花枝は愈々ワッと泣き出して、その後夫がなんと訊いても返事をせずにたゞしくりしくりと泣き續けた。

花枝は澤山の理由で泣いた。先づ、晩になつて痔が一そう痛み出したので泣いた。舅と姑が自分の痔のことで云ひ爭ひながら、その實いつから彼女の病氣を氣遣つてゐないのを知つて泣いた。夫の不甲斐なさと自分達の現在の頼りない境遇を思つて泣いた。それから、永久に失はれた自分の少女時代を思つて泣いた。最後に、死に瀕した蛾を哀れんで泣いたのである。

敬一はそのかたはらで、妻を哀れむのか、自分を嘲つてゐるのか分らないやうな、よわ〳〵しい嗤ひを浮べて默つてゐた。

十三

その翌日、敬造は晝の會食までの時間が空いてゐたので、敬一が寢てゐる間に花枝を連れて中目黑のK病院に出かけて行つた。お晝過ぎ、花枝は男に買つて貰つた榮養劑を持つて元氣よく歸つて來て、お產前には成るべく痔の治療は避けた方がいゝといふ醫師の診斷を、姑と夫に傳へた。

勝子は午後、軀の具合が惡いと云つて寢込んでしまつた。事實、彼女は先日來、僅かな陽の間を見ては猛烈に洗ひ張りしてゐたお蔭で、軀中が壞れるやうに痛んだ。併し家の者は彼女の寢込むのが、大抵何か心理的な打擊を受けたときに限るので、そのなり行きを危んだ。勝子は、夜遲く主人の敬造が歸つて來た時にも寢たまゝ迎へに出なかつた。主人は女中のお染に例の如く

「甘いもの！」

「果物は？」

「お茶！」

と命じ、長い時間をかけてその日の夕刊を讀んだ後、やつと重い足で妻のゐる二階の寢室に上つて行つた。勝子は入口に夫の足音を聞きつけると、奥行の長い細い頭を枕から離して

「ちよつと軀の具合が惡くてお迎へに出ませんでした」

とだるさうな口調で云ひ譯した。敬造はそれをすぐ妻の芝居ととつた。自分が遲く歸つて來たのをかうやつて非難してるんだと思つた。そして意姑地になりながら、わざと手荒く洋服を脱いでひとことも口を利かずに勝子の横の床にもぐりこんだ。併し腹を搔いてゐるうちに、彼は直ぐ鼾を立て始めた。

勝子はなかなか眠れなかつた。彼女も若し夫が一口、どうした、何處か惡いのかとでも訊いてくれたら、安心してぐつすり眠つて、明日はまた元氣よく働くことが出來ただらう。ところが夫は勞はつてくれないばかりか、變に自分の病氣を疑ぐつてさへゐた。眼をつぶつてゐても彼女にはそれが手にとるやうに分つた。

勝子は眠れなかつた。ときどきうとうとつとすると、晝間、夫が嫁に買つてやつた高價な榮養劑の綺麗な函が眼の前にちらついた。自分の前でその錠劑を嬉しさうに口の中に抛りこんだ嫁の白い手まではつきり見えた。勝子は曾つて自分が姙娠したときも、夫からそんなものを買つて貰つた憶えがなかつた。

彼女は薄眼を開けて、呼吸の度びに蒲團から出たりはいつたりする夫の禿げ上つた丸い頭をぢつと見やつた。頭は綺麗に禿げてゐたが、地にはいろんな染みがあつた。ところどころに縮緬のやうな細かい皺が寄つてゐた。

彼女はだんだん我慢が出來なくなつた。すると軀中が壞れるやうに痛み始めた。そして呻いた。次第に聲を大きくして唸つた。主人の丸い頭はちよつと規則正しい出入運動を止めた。それから寢返へりを打つて再び鼾をかき始めた。

勝子はさうやつて二時を聞いた。時計が三つ打つのも知つてゐた。六時になつても家中がひつそりしてゐるので、彼女は寢不足の疲れた軀をひきずるやうにして階下《した》に降りて見た。お染が腫れぼつたい眼つきでのろのろ湯呑茶碗を洗つてゐた。嫁の花枝はまだ起きてゐなかつた。勝子はふと嫁を起さうかと考へたが、それで前、主人に窘められたことを思つてやめた。そして三十年のあひだ臺所で働いた女だけが知る要領の良さで、先づ御飯と汁の實に火を入れ、その間に食堂と客間とを片づけた。その結果、食卓の上には、砂糖をふりかけた梅干と朝刊が載せられ、洗面所には軈て階段を踏み鳴らして降りて來る夫のための顔を洗ふ水と、口をゆすぐ道具が揃へられ、更に髯をあたる仕度まで整へられた。

敬造は顔をあたり終ると、食堂の椅子に片坐りして髭をひねりひねり不機嫌な聲で

「オ、チ、ヤー」

と判を捺すやうに區切つて云つた。つまりお茶の出しやうが遲いといふ意味である。勝子はお茶をいれにかゝつた。と主人がまた

「オ、チ、ヤ」

と少し聲を大きくして云つた。お茶のいれかたがひどくのろいといふ積りなのである。勝子は湯呑茶碗を主人の前に置いてから、お勝手に行つて鰹節をかき始めた。

「カカカ…………」

と鰹節かきが鳴つた。鰹節かきの音は彼女の頭の中の言葉に調子を合せて

「嫁が起きない、嫁が起きない、わたしは疲れた、疲れた、誰も勞はつてくれない、もうぢき死ぬ、死ぬ、死ぬ……」

と鳴つた。勝子は手をやすめずに庭に眼をやつた。あつちこつちで散り敷いた木の葉が朝露にしつとり濡れてゐる。消え殘つた露が、まるで空《くう》に浮いた眞綿のやうに木立の間を縫つてゐる。彼女はふと自分が十四五のとき、朝これと同じ光景を、やはり今と同じもの足りない不滿な、寢不足のやるせない氣持で眺めやつたことがあつたやうな氣がした。それは遠い遠い昔であつた。と同時につひ昨日のことでもあつた。そしてその間の到底繋ぐことの出來ない隔りを胸苦しいほど感じた。そのとき食堂で主人がまた

「ゴ、ハ、ン！」
と印でも捺すやうに區切つて呶鳴るのが聞えた。勝子は急に軀中の血が逆上するのを感じ、手にしてゐた鰹節を前の窓硝子に敲きつけ、袖で顏を蔽ひながら二階に驅け上つた。

十四

勝子は左手に小さな風呂敷包を抱えて、娘の家の前の長い急な坂道を足早やに登つてゐた。彼女の長い顏が一と足ごとに風呂敷の前で左右に搖れた。それがちやうど首でオイッチニオイッチニと拍子をとりながら歩いてゐるやうに見えた。弱い陽差しが坂道を舞臺の花道のやうに薄明るく照し出してゐた。

勝子は初め家出をするつもりで家を飛び出して來たのである。行先はきめてゐなかつた。しかし例によつて、彼女は何處か誰も知らない處に行つて女中奉公でもしようと考へてゐた。其處で働き拔いて病氣になる。傭主が彼女の身元を訊ねる。自分は絕對に云はない……やがて死ぬ。そこで初めて自分の身元が分る。子供達が馳けつける。夫もやつて來る。そして赤の他人の家の暗い女中部屋で、誰にも看病されずに痩せ衰へて死んでゐる自分を見出す。子供達は泣いて父を責める。嫁だつてかうなれば舅の方が惡い人間だつたことをはつきり悟るだらう。主人も竟ひに淚を流して後悔するに違ひない。だがもう取りかへしがつかない……といふのが勝子の好きな空想であつた。

併し實際は家を出るとすぐ中目黑の娘の家に足が向いてゐた。そして浪子の家に近づけば近づくほど彼女の足は、主人の最初からの目的地を感付いた犬のやうに自然と速度を增した。

勝子が玄關の格子戶を開け

「こんちわ」

と、何故か近所を憚つた低聲で云つて上りがなちに足をかけると、同時に奥の間で
「アッ、お母さんだ！」

と彈んだ聲がして、浪子が重い足で疊の上を驅け出して來るのが聞えた。彼女は結婚以來いつもさうして母の來るのを待ち構へてゐた。浪子には母のそばを離れた自分が、まるで艫綱の切れた小舟のやうに頼りないものに思へた。母が來ると彼女は先づ〈お父さんは〉と訊き、〈相變らず〉といふ返事を受けとつたときには、〈まあ仕方がない〉と思ひ、それにしても相變らずであつたことはせめてもだと考へてほつとする。それから今度は自分の主人の彼女にとつて不可解な言行を話し、母の意見を訊く。擧句、母娘共、男つてそんなものかねえ、といふ半ば安心したやうな半ばがつかりしたやうな見解に落着いて別れる。これが二人の習慣であつた。

迎へに出た浪子は勝子より一段上の敷居の上につゝ立つて後へひかなかつた。勝子はまだやつと上りがまちに兩足で立つたところであつた。二人はさうやつてぢつと顏を見合せた。すると、先づ浪子の嬉しさうな丸顏からサッと笑ひの影が消えて、その後に怯えたやうな黒い大きな瞳が殘つた。彼女は母の顏に何事かあつたことを咄嗟に悟つた。勝子は下から凹んだ眼瞼をしよぼしよぼさせて、さういふ娘の表情の變化を縋りつくやうな氣持で見てゐた。

「お母さん痩せたわね」

と娘は暫くしてやつと口を開いた。それを聞いただけで勝子は俄かに元氣づきながら
「ほら、この胸を見て頂戴！」

と痩せたのを却つて手柄顏に云つて、その場を動かうともせずに胸を擴げて見せた。

「お腹なんか皺だらけよ」

「いつたいどうしたの。またお父さんと何かあつたんでせう」

と浪子は重ねて問ひかけつゝ母を茶の間に導いた。勝子は凹んだ眼を伏せ、何から先に云はうかと考へ廻らしてゐるやうな、また娘に甘えてゐるとも見える薄笑ひを口元に浮べ、矢張り手から包を離さずに娘のあとからついて這入つた。浪子は大分ふくらんだ腹で窮屈さうに坐につくと、第一番に包に眼をとめ

「これはなに」

と母の手から包を取つて震える手で結び目を解いた。風呂敷の中からは勝子の黒つぽい外出着と恩給銀行の通帳が出て來た。浪子は前よりもつと怯えた眼を見開いて母の顏を見返つた。

「愈々こんどこそお母さんも別居と決心をきめたの」

と勝子は自分の斷乎たる決心振りを示すために、太い横皺の寄つた丸い額をつき出すやうにして、先づ結論をキッパリと云ひ切つた。最近兄夫婦が同居するやうになつてから再燃し始めた父母の間の不和を逐一知つてゐた浪子は、もう母の姿を上りがまちに見た瞬間からそれに似たことを察してゐた。

勝子は座につくと同時に、まるで洪水が堰を切つた勢ひで、胸に悶へてゐた感情を披瀝し始めた。それがみんな夫に對する不平不滿であることにはこれまでと少しも變りなかつた。今度は具體的な例が少しも姿を見せなかつた。

「いつたいお母さんどんな目に遇つたの」

と浪子が再三訊いても、勝子はたゞ、そりやロぢやとても云へないけど、あんな風ぢや自分の老ひ先が思ひやられるといふやうなことをくりかへすだけであつた。浪子は母を慰めるのに溜息をつくことしか出來なかつた。

夕方、役所から歸つて來た浪子の夫は、茶の間に坐つて暫く勝子の話を聞くうちに、はつきりその間のいきさつを見てとつて、自分も母を慰めにかゝつた。

「それはねえ、おかあさん」

と彼は胡坐をかいて姑の賴りなさゝうな落着きのない凹んだ眼に自分の大きな眼で見入りながら云つた。

「お母さんはかうおつしやるんでせう、お父さんが貴女ばかり殘酷に扱ふ、花枝さんに對する態度と自分に示す樣子とを較べて見た時、最もそれがひどく感じられる、そして貴女に較べれば他人に近い嫁にはあゝで、親身の自分にはかうだ、これぢや老ひ先が思ひやられるつて……」

勝子はそれに對して頷きも反對もしないで凝つと疊の表をみつめてゐた。

「ところが」

と浪子の夫は何か考へを纒めるときの癖で、大きな右手を頭のところまでもち上げ、ごくりと唾を吞みこんで續けた。

「ところがこれをお父さんに云はせれば、花枝さんは他人に近いからあゝで、貴女は親身だからかうなんですよ……」

彼は大きな手の平らで、恰も空中に漂つてゐる相手の尖つた感情を慰撫するやうに、輕く空《くう》を打つ眞似をしながら再び續けた。

「これは一寸おかしな云ひ方かも知れませんが、實はこの僕自身がさうなんですよ。僕は小さいとき兩親を失つてずつと他人の家で大きくなつたでしよ。だからこれまで全然我儘つてものが云へなかつたわけです。だがその我儘は姿を潜めたわけぢやない。心の中で出口を失つて燻つてゐたんです。それが親身な者――例へば妻ですが、さういふものを得次第、初めてその人間に我儘の捌け口を見つける。だから同じ我儘でも敬一君などゝ違つて非常にひねくれてゐて、時には自分ながら殘酷だと思ふやうなことを妻に對して云ふ。こないだもね」

と彼は說得に夢中になつた餘りうつかり口を滑らして云つた。

「浪子が買物から歸つて來て玄關の上りがまちでへた張つてゐる。それを見た私は〈おい、どうかしたのかい〉と云つて勞つてやりたいんですが、いざ口を切つて見ると〈なんだだらしがない、玄關口へ寢そべつて〉と云つてしまふんです。お父さんの貴女に對する態度がそれなんですよ。お父さんも早くご兩親を失はれた。さういふ人間は他人に對しては至極氣が弱い。絕對に惡い顏を見せることが出來ない。またそれだけ親身に對しては容赦しない。必要以上に意地惡く出ることさへあります。これは惡い癖かも知れません。併し本人にはどうにもしやうがないんです。お母さんもお父さんのそこのところを斟酌してあげなきや」

浪子の夫はそこでやつと擧げてゐた手を下ろして勝子の顏を覗きこんだ。勝子も初めて齒を見せて微笑つた。

「だけど、そんな親身はあまり有難くありませんね」

と勝子は云ひながら傍らの娘を眼で誘つた。浪子はそれまで夫に注いでゐた感謝と同情の眼を轉じてアハハ……と樂しさうに笑つた。それを見た夫も、ちよつと樂屋を覗かれた俳優のやうに照れて、それでも何處か樂しさうに妻の笑ひに和した。そして、これから愈々自分の過去を克服したほんとうの生活を始めるんだと思つた。

十五

その晚、勝子は娘の家に泊つた。

主人の敬造は夜遲く、頭を眞赫に染めて歸つて來た。勝子が晝ごろ行先も告げずに出かけて行つてまだ歸らないと聞かされると、彼は、そりや中目黒にきまつてゐますよと答へて寧ろほつとしたやうな顏をした。

　敬造は例によつて暫くのあひだ茶の間に坐つて前に新聞を擴げ、赫い髭をひねりひねり洞ろな眼で何ごとか思ひ廻らす風であつたが、軈て勢ひよく顏をあげ、そばでお茶をいれにかかつてゐた花枝と、ぼんやり煙草をふかしてゐる敬一に向つて

「さうだ、お母さんは少し中目黒に行つてゐた方がいゝかも知れんね。當分この編成でやつて見ようや」

　と提案して、今日は自分の行先を問ひ訊される心配がないので、お茶を飲むだけで、足も輕く二階の寢室に上つて行つた。

　十二時ごろ、敬一が窓を開けて本を讀んでゐると、もうとつくに寢た筈の父が、ヴェランダの方からひよつくり敬一の勉强してゐる机の前の窓口に姿を現はした。敬一は驚いて顏をあげた。父の寢間着姿が上半身だけ窓枠の向ふに闇を背景にして白つぽく浮び上つてゐた。瞬間、敬一は何か幻でも見たやうにぎよつとした。すると、幻はすぐ姿を崩して現《うつ》の形相を現した。敬造はそこに立ちはだかつたまゝ寢間着のはだを擴げて、妙に光澤のない白いだぶだぶした腹を毛の生えた太い指でぽりぽり掻き始めた。そしてまだ酒氣が去らないのか、敬一の顏を見て

「えへゝへ……え」

　と笑ひ、なんの積りか

「動物園！」

　とつけ加へた。敬一はちよつとその意味を了解しかねた。しかもさう云はれて見ると、窓の外に裸の上半身を現はしてゐる父が、なにか大きな動物を聯想させたので

「どつちが」

と訊き返した。敬造から見れば窓の內側にゐる敬一と花枝が二匹の雄雌に見えたのだらう。そのうちに、敬造は自分の方が部屋の中から動物に見立てられたと覺つたので、ちよつと當惑した嗤ひを浮べながら、またヴェランダを渡つて自分の寢室に戾つて行つた。その闇の中から、まだぽりぽりと腹を搔く音が聞えて來るやうに敬一には思へた。

瞬間、どういふものか敬一は不意と或る飛んでもない光景を聯想した。いつか彼が動物の習慣と生活を書いた本の中で讀んだのである——

猛虎も餘ほど空腹のときのほか、群を離れた牡の猪を襲ふことを躊躇する。さういふ猪は曾つて最も强大で經驗に富んだ一群の指導者であつた。その群は彼の合圖によつて危險の接近を知り、彼に導かれて餌の多い土地に移動した。然し聽て寄る年波に感覺の鈍り始めた彼は、それを待ち構へてゐた次位者にとつて代はられた。彼は默々と悲しさうに群を離れ、その日からたゞひとり密林中をさ迷ふ境遇に墮ちた。

猛虎は闇の中に黃色く輝く眼でぢつとその老勇士を覗つた。老ひたとはいへ百戰練磨の勇士である。しかも絕望して生に對する未練を棄てゝゐる。相當の反擊を覺悟しなければならなかつた。老勇士は危險の接近を知らぬ氣に古い椎の木の根方に蹲り、傷だらけの片脚をあげて胸のあたりを搔いてゐた。片眼が細く開いてゐる……

敬一は今その光景をまざまざと思ひ描いた。だがそれはその場の緊迫した空氣のためでなく、群を離れてたゞひとり、椎の木の根方にその日の宿を見つけ、胸のあたりを搔き搔き寢に就かうとしてゐる老ひた猪の孤獨さが深く印象に殘つてゐたからである。

人間も含めて總ゆる動物はみな倶に生きることは出來るが、死をともにすることは出來ない。死はたゞ一人期して待つのみ。そこに生物にとつて不可解な寂寥が生ずる。云ひ知れぬ絶望が潜む……と考へた敬一は、何かハタと思ひ當つたやうな氣がした。しかしそれは暗い發見であつた。

敬造は野人であつた。自分が一人で死なゝければならないことを、彼は體内に殘つた絶望的なエネルギーのうちに悟つた。彼は淋しい。それなら妻が中目黒から戻つて來ればいゝのだらうか……否。勝子と和解すれば足りるのだらうか……否。でなければ若い妻をめとることが出來れば滿足するのだらうか……これも矢張り否である。息子夫婦から愛されることも、また孫から慕はれることも、彼の寂寥をすつかり紛らしてはくれない。彼の身心に生じたブランクは何ものを以てしても埋めることが出來ない。腹を搔き搔きヴェランダを渡つて行く……それは群を離れて死を求め、そしてなほ生の殘滓をもて餘しつゝ密林を彷徨ふ老ひた猪の姿に異らない……

敬一は机の前に坐つて窓外の闇を見つめながら、こんなことを考へた。

午前二時ごろ、敬一は稍々心を靜めて現在の自分を反省し始めた。前の谷間があかるい月の光の中に靜まりかへつてゐた。遠くの方に貨物列車の走る音ががう〳〵と響いてゐた。汽笛が一つ長く訴へるやうに夜空をつん裂いた。鶴見の臨港鐵道だなと敬一は思つた。そして何故か、あらゆる社會生活に遠く離れ、古い洋館の中で朽ちかけてゐる自分を如實に感じた。

「朽ちかけてゐる?!　さうだ!」

と敬一は心の中で叫んだ。

「この家そのものがもう土臺から朽ちかけてゐる」

それは單なる比喩ではなかつた。彼は二三日前、洗面所の柱に釘を打たうとして、それが何の手應へもなくすつぽり頭ごと柱の中にめり込んだのを思ひ合せた。敬一はその日一日、家ぢゆうの柱といふ柱を、「こゝも空《から》だこゝもやられてる」と氣味惡さうに呟きながら敲いて廻つた。信次郎はその彼について廻つて〈今が好機だがなあ、山にはいつて仙人生活を始めた方がえゝよ〉とくりかへしくり返し云つてゐた。併し敬一にはそれが信次郎自身の身の振り方を云つてゐるのか、或ひは彼のことを當てこすつてゐるのか分らなかつた。

それなら扨て具體的に何を始めたらいゝかといふ問題になると、敬一の頭は忽ち鹽を浴びたなめくじのやうに萎縮してしまつた。

彼が心の中で呻き呻き、吊り殘してある自分の方の蚊帳を張らうとすると。今まで鼾をかいて寢てゐた花枝が突然むつくり半身を起して

「ちよつと待つて、ちよつと待つて」

と白い左手を伸ばして早口に云つた。敬一はどきりとして蚊帳の中を透して見た。半ば起き上つた花枝は眼をつぶつてゐる。

「そこに……そこに……」

と彼女は白い長い手を空《くう》に差し伸ばしたまゝなほも續けた。

「針と……それから……それから……下駄がある……下駄、下駄……私がします、みんな私がします」

と云つて眼をつぶつた花枝は考へこんだ。敬一は自分の急所をずぶりとやられたやうに感じた。蚊帳の吊手を握つて、彼はぼんやり前を見てゐた。

十六

主人の敬造は翌日もその翌日も勝子がゐないので、何か解放された人のやうに伸び伸びとして元氣があつた。毎晩おそく歸つて來ては、寢室に這入つてから大聲で流行歌を歌つた。敬一は買物から料理に到るまで主婦の代理をつとめなければならなかつた。だが先づ第一に困つたのは母が有金全部を持つて行つてしまつたことである。それには敬造も困つたらしく

「お父さんもお小遣がなくなつてるんだが、お母さんはそれも置いてかなかつたかい」

と駄目を押し、扨て何遍も溜息をついた後

「ぢや、明日お父さんは友達を見送りに横濱まで行くんだが、一つそれにお母さんを誘つて見よう」

と云つた。

その晩、敬造は會社の歸りに中目黒の娘の家へ妻を迎へに行つて、あつさり斷はられて歸つて來た。にも拘らず彼は却つて元氣づいてゐた。

「今日は非常に感じが悪かつた！」

と敬造は言葉と反對に寧ろ愉快な目に遇つた人の口調で云つた。

「わざわざお父さんが迎へに行つたのに、お母さんは横を向いて、へえ……わたしは行きませんつて云ふんだ。行かんのはいゝが、一家の主婦たる者がよそへ行つたきり歸つて來んのは怪しからんぢやないかつて訊くと、兎に角わたしは別居さして貰ひますと、かうだ。そんなら勝手にしろつてお父さんは歸つて來たんだ」

「お母さんは」

と敬一は花枝の運んで來たお茶に口をつけながら考へに沈んで云つた。

「別にお父さんにどうかう云ふんぢやないんだらう。何かほかに理由があるんだよ。これまでも――」

「うん、お父さんのお氣持はよくわかりましたなんて云つてたが、何が分つたんだかアッハハハ……そして何とかかんとか譯の分らんことをくどくど言つてるんだ。近頃は軀が弱つてるの仕事は殖える一方だとか……なんでも……花枝さんのヅロースを洗つたとか――」

敬造は慌てゝあたりを見廻して、花枝がお勝手で洗ひものをしてゐるもの音を聞くと、剽輕に首を縮めて見せた。

「そりやあねえ」

と彼はすぐまた首を伸ばして、今度は大聲に、威嚴をつけて云つた。

「そんなことは女中にでもやらせればいゝてんだ。主婦には主婦としてこの職務がある。お母さんはお父さんのことだけ心配してればいゝんですよ。ほかのことに口出ししようとしたり、やきもきしたりするからいけない……お父さん達はねえ」

こゝで敬造は一寸眼をつぶつて昔を回想する表情をつくつた。

「お父さん達はずつと舅姑《しうと》なしでやつて來た。だからお父さんも息子夫婦には干渉せん主義ですよ。花枝さんのいたらないところは敬一が注意してやればいゝ。またお母さんの惡いところはお父さんが叱つてやる……するとお母さんは、それぢや一家が成立つて行かないつて云ふけど、結局、お父さんの主義が一番長持ちするんですよ」

敬造はその晩非常に機嫌が良かつた。息子の敬一を前にして、お父さんもそろそろ會社になくてならん人物になりさうだとか、またその口の下から、だつて何もやめる理由はないしねえ、などゝ云ひ譯がましいことを屈みこんで低聲《こごえ》につけ加へたり、愈々二階に上つて寢る段になつて、わざわざ女中部屋を覗き、勝子がゐないので意氣銷沈してゐる小さいお染を摑へて

「男は決して女に頭を下げませんからね」

などゝ譯の分らん冗談口をたゝいたりした。お染はぽかんと口を開いて、主人の相恰を崩した丸い赫ら顏を見上げてゐた。

敬造はなほ息子と肩を並べて二階に上つて行きながら、自分は息子夫婦の自由を認める主義だとくりかへし、階段の上で別れて自分の寢室に這入つて行つた。併しまた直ぐその扉を開けて首だけ覗け、おどけた顏で

「その代り、お父さんも自由行動をとりますからね」

とつけ足した。

敬一が自分の部屋に這入つて行くと、布團を敷いてゐた花枝はすぐ寄つて來て

「お父さんはなんてお仰つた。原因はやはり私でせう」

と心配さうに疊みかけて訊いた。敬一がやけ半分に

「さうだ。お袋が家出したのも、親父の頭が禿げたのも、俺の小説が書けないのも、みんなみんなお前のせいだ」

とぶつけるやうに云つて、布團をかぶつてしまふと、花枝も案外神經を尖らさずに

「さうだ、さうだ。みんな嫁のせいだ……嫁は損だなあ」

と云つて同じく布團をかぶつた。

主人の敬造は自分一人の床に、づんぐりした短い手足を伸びるだけ伸ばした。何か知ら身内が愉快でたまらなかつた。今日は先づ第一に妻のお勝が少しも自分を怨んでゐないことを知つてほつとした。彼にしても長年つれ添つてゐる妻から怨まれたと思ふと、うしろめたくて何事もしんから樂しめなかつた。次に、その妻が當分歸つて來ないと聞いて一そうほつとした。特にそれが當分であつて永久でないところに妙味があつた。敬造は何事によらず永久にどうかうなるのを最も怖れた。永久といふ概念は彼の性と根本から相容れない。それが彼に死を聯想させたからである。それより敬造は二三日とか暫時とか當分とか、場合によつてはほかに變へることも出來る言葉の方がずつと好きだつた。お勝は今、その、いざとなつたらほかにどうにでも變更出來る當分の間、彼を自由の軀にしてくれるのだつた。これ以上敬造にとつて身も心も躍るやうな喜びはなかつた。しかもその間は殆ど無責任に小遣を使ふことが出來た（敬造はかういふ場合を慮つて、別に秘密の貯金を持つてゐた）。それは再びお勝が歸つて來たとき、あんたのゐない間に出來た借金だと云へば拂つて貰へる。責任はとにかく主人をほつとらかして家を留守にした主婦にあるんだからな、と敬造は自分の傷まぬ懷ろを考へて闇の中でほくそ笑んだ。最後に、息子夫婦を懷柔した自分の腕前のほどに思ひをいたした。こつちが息子夫婦の生活に干渉せんと云つてやつた以上、向ふも感謝してお父さんの行動をとやかく云はんのが當然だ。

「今日は何もかもうまく行つた」

と敬造は滿足の溜息をもらしつゝ呟いた。かう考へて來ると、今や妻の眼も息子夫婦の眼も一家の主人たる彼に向つて親し氣に注がれてゐるのだつた。そればかりでなく、彼にとつて好都合なことに、妻と息子夫婦の間の連絡は心身兩方面から斷たれてゐた。

「ひよつとこの調子でやれば」

と敬造は闇の中で赫い髭をひねりひねり考へた。

「或ひは會社の方もうまく行くかも知れん。顧問室にもうるさいほど人が訪ねて來るやうになるだらう。そのうちに重役――」

敬造は遊び疲れた子供の無責任な幸福を感じながらうとうとつとしかけた。そして思ひ出したやうに

「しかしわたしは幸福ですねえ」

と空中に漂つてゐると思はれる謂はゞ彼の分身の如きものに喜びを分つた。その分身は大抵の利己主義者が常々自分のそば近く侍らしてゐる、云つて見れば永遠の女性か、現實で云へば至極忠實な乳母みたいなもので、敬造の必要なときだけ姿を現はし、彼のどんな意見にも心から贊成し、敬造の如何なる秘密な喜びをも自己を忘れて倶に喜んでくれるのだつた。

「ほんとに貴方はご幸福ですねえ」

と永遠の女性が闇の中から答へた。敬造はそれを現《うつゝ》に聞いて、今日は腹も掻かずに鼾を立て始めた。

十七

息子の敬一は自分の生活を將來に發展させることが出來なかつた。從つて、現在の情況を集拾するほか致し方がなかつた。彼は母を迎へに中目黑の妹の家に出かけて行つた。勝子は案外素直にまた小さい包を抱へて彼と一緒に歸つて來た。祐天寺の驛でその時間には間隔の遠い電車を待つ間、母と子は人氣ないプラットフォームのベンチに腰掛けてゐた。

「とにかく軀を丈夫にすることつたね」

と敬一は前を向いたまゝ、それまで頭の中で辿つてゐた思考の結論を口に出して云つた。

「お父さんがどうのかうのつて云つたところで、これまで既に三十年の生活を俱にして來たんだから、今更どうにもならんよ。もうこのまゝ耐え忍んで行くよりし方がない。それが運命なんだから……これぢやとてもやり切れないつてお母さんが包を持つて家を飛び出す。飛び出すのはいゝが、それから先お母さんは何を目的に生きて行く。勿論いまのやうな苦勞はなくなるだらう。しよつちゆう啀み合つたり睨み合つたりする相手もないし、齒痒く思ふ嫁もゐないし、心配してやる息子もない。また掃いたり拭いたり磨いたりする自分の家もない。苦勞もなければ生活にも困らない――お父さんが働いてる間は、なんつたつて恩給はお母さんのもんだからね。だけどそれが果して人間の生活つて云へるかねえ」

　敬一は膝の上で兩手を擴げ、なほも前を見つめたまゝ首を傾けた。勝子には息子の言葉の意味がよく分らなかつたが、その語調から敬一がほんとうに自分の身の上を考へてゐてくれたことを感じて、脇から感謝の眼を向けた。そして嫁にももつと親切にしてやらうと思つた。

「人間のほんとうの生活――」

　と敬一は空《くう》を見ながら續けた。

「それは誰か自分以外の人のために苦勞する生活なんだよ……僕はまだ若いとき（と彼は云つた。が、ますます暗い顏をしてゐた）裏店のおかみさんが髮を亂して赤ん坊に乳を飲ませながら、喧嘩をして泣きわめいてゐる上の子供達をがみがみ叱りつけてゐるところなど見るとたまらない思ひがした。そして正直なとこ、あんなにして生きてゐて何がいゝんだらうて氣がした。が、近頃はさういふ光景を見ると何か深い感銘をうける。これこそ人間生活のエッセンスだといつたやうな……今の僕には社會がどうだから貧乏なおかみさんがどうしたかうしたつて云ふやうなことは分らない。僕のはもつと小さい意味で云つてるんだよ。小さい小さい……」

と敬一は人差指でプラットフォームの上に何か捜すやうな恰好をして云つた。

「例へばそこらに忙しさうに這ひ廻つてゐる蟻ね。あれはなんであゝしよつちゆう忙しさうに餌を捜したりものを運んだり穴を掘つたりするんだらう」

敬一はまだプラットフォームの上に蹲んでゐた。彼は最近頭をもたげた新しい考へに、自分自身を納得させようとしてゐた。

「一日中働いて、晩になつたら湯に入つて映畫でも觀に行かうて云ふんかね。さうぢやない。くたくたに疲れて鼾もかゝずに寢てしまふんだ。つまりそれだけの生活が、人間も含めた生物全體の本來の生活意義なんだね。映畫を觀に行つたり酒を飲んだり女遊びをしたりするのは、人間が發見した傍系的な樂みに過ぎないんだよ。それは本來の生存意義に關係がない。少くとも現在の社會では密接な關係を持つてゐない、現在はさういふことが大抵、眞の生活を送つてゐない人々のごまかしに使はれてゐるからなんだ。しかし今に立派な社會になつて、さういつた樂みまでが、本來の生活を刺激し勵ますほんとうの意義をとり戻すだらう。みんなさうなることを希望し、また努力してるんだからね。が、さうなつても人間の愛と悲みには變りない。本來の生存意義は同じだ。それは誰か自分以外の人々のために苦んだり悲しんだりすることなんだよ。そこに意義があるんだ。そこにだけほんとうの――」

ちやうどそのとき電車が來た。敬一は母に促されてキョト〳〵と見廻しながら乘り込んだ。

勝子が歸つて來た敬造の一家は表面また元の調子をとり戻したやうに見えた。しかし、銘々の努力にも拘らず、一家の者の間は眼に見えて冷却して行つた。中でも主人の敬造が一番努力した。これから生れる敬一の子に惡い影響を與へてはいけないと云つて、以後絶對に癇癪を起さないことを皆の前で誓ひ、それを實行したばかりか、夜も早く歸つて來て、晩酌までに時間があると、寢臺の上に坐つて靜坐法を試みた。それはいつかお勝に、貴方は主人らしく落着いたところがないと云はれたからである。勝子も古い浴衣などを出して來て、赤ん坊が生れた時の用意を指圖した。嫁の花枝も姑の後について廻つて、一生懸命働き者にならうと努めた。

にも拘らず、舅と姑同志は依然としてともすると言葉に棘が立ちがちだつたし、姑と嫁は一日一緒にゐて殆ど言葉を交はなかつた。敬一は恰も難を避けるやうに、終日どこともなく出歩いてゐた。

十八

九月の半ば、相變らず冷たい雨がやまなかつた。信次郎は納屋の中で何か考へこんでゐることが多かつた。勝子と嫁の花枝が女中部屋で解きものをしてゐた。もう一時間も無言の狀態が續いた。お粂は先程から冗談を云つて笑ひたい氣分になつてゐたが、主婦の顏を見ると出かゝつた言葉がひつこんでしまふので、その度に齒並の惡い小さい口からそつと溜息をもらした。

働き者の姑の脇には、既に堆高く解きものが重ねてあつた。勝子はそれを中目黑の娘の家に持つて行つてやる積りでゐた。浪子のお產も嫁と殆ど同じ頃に當つてゐた。

嫁の花枝には一枚の浴衣と繼ぎだらけの大風呂敷が當てがはれてゐたが、彼女はそれをまだ一枚も解いてゐなかつた。そして白い手で不器用に糸を抜きとりながら、少くとも二十一組は必要だといふおしめを、自分は何處から都合して來ようかと思案してゐた。

「近ごろ敬一は書いてゐますか」

とそのとき姑が顔をあげて訊いた。〈書く〉といふのは小說のことであつた。花枝は一寸顏をあげて空を眺む眞似をしたが
「えゝ、ときどき」

と曖昧に答へてすぐ解きものに眼を落した。彼女は最近、夫が机に向つてゐるのを見たことがなかつた。夫は一日中出歩いて、歸つて來たかと思ふと、もう自分の書齋に這入りこんで、字引を枕に口を開いて寢てゐた。

「うちも餘り樂ぢやないんですよ」

と姑はまた暫くしてから、今度は顏をあげずに云つた。

「あらそんなこと……」

と花枝はお世辭を云ふ心理で姑の言葉を否定した。

「いゝえ、さう思つてたら大變な間違ひですよ」

と勝子は鼻の下の長い、薄い口唇に強ばつた嗤ひを浮べ、嫁の妄想を打消すつもりで強く云つて、家計の樂でない理由を指折りしながら說明し始めた。そのあひだ、花枝はの姑小さい、節くれ立つた指が順次に折られて行くのを驚いて見まもつた。

「第一にお父さんの小遣が近頃ぢや月百圓を越しますよ」

と爪の大きい平たい拇指が折り曲げられた。

「これはどうにも減らしやうがありません。わたしが儲けたお金だ、出せつたら出せつて調子ですからね。次が支拂ひ……」

と短い人差指が折られた。

「S社、G研の支拂ひ。女中の給料を入れると月百六拾圓は切れません。それから……」

と木の根のやうな中指が續いて重ねられた。

「日々の生活費。日四圓として——貴方々が殖えてからは四圓ぢや一寸苦しいんですが、四圓として月に三四の百貳拾圓でせう。するともうこれだけで三百八拾圓……今お父さんが月々會社から持つて歸るお金が、いろんなものを引かれて二百圓しかありません。だから恩給の二百七拾圓の方から毎月百八拾圓づゝ足して暮してるわけですが、殘りの九拾圓ばかりは保險の掛金や地租、家屋稅、電話、それに被服費、いざといふ場合の醫療費なんかでなくなるでせう……これぢや私達の老後があんまり不安ですからね」

「でも會社のボーナスは……」

と花枝は姑を安心させようと勇んで云つた。

「さう、勿論ボーナスはあります」

と姑は落着いて答へた。

「年二回、千貳百圓づゝ。だけどその度に保險から借りた借金を返さなけりやならんしねえ。それに浪子のお產も近づいてるし……」

勝子は解きものゝ上で吐息をついた。女中のお染もそれについて溜息をもらした。主婦の口をついて出る金額が餘りに大きかつたからである。花枝も姑を眞似て溜息をついた。そしてこれぢやとても自分のお產の費用なんか出せつこないと思つてもう一つ吐息をついた。

「だから」

と姑は長い糸を抜き取つて、それを糸巻に巻きかへしつゝ語をついだ。

「敬一も勤めて、せめて食費ぐらゐ出してくれるといゝんですがねえ。あゝぶらぶらしてたんぢや、第一健康のためにもよくありませんよ」

花枝は返事をせずに深く解きものゝ上に屈みこんだ。

十九

その晩花枝と夫はこんな會話を交はした。

「ねえ、どつかいゝ勤め口ないかしらねえ」

と花枝が、寢そべつて煙草をふかしてゐる夫の横顔に向つて云つた。

「うん……」

敬一は生返事をして何かほかのことを考へてゐた。

「ねえ」

と花枝がまた暫くしてから夫に呼びかけた。

「來年から國民は全部就職しなきやいけないやうになるんですつて。おかあさんもおつしやつてゐらしたわよ。さうならないうちに何處かに勤めてよ。〈オイ、お前遊んでるのか、ぢやお前はこの仕事をやれ〉つてお巡りさんに云はれてから、〈はい、やります〉つて就職するやうぢや情けないぢやないの」

「お巡りさんがそんなことを云ふのかい」

と敬一は初めて顔を妻の方に向けた。

「お巡りさんか何か知らないけど、政府がさうするんですつて」

「なあに」

と夫は寝返つて仰向けになりながら眼をつぶつて云つた。

「そのときはそのときさ。著述業とでも申告しとけば心配ないよ」

「心配ないよつて、お産の費用はどうなるの。うちの計算にははいつてゐないことよ……それに食費もなんとかしなくちや」

「おい、食費つて何だい、食費つて」

と敬一はがばと跳ね起きて、全治した歯をかちかち鳴らしながら呶鳴つた。花枝は夫の剣幕に驚いてもの凄く眼を寄せた。そしてその先は何も耳にはいらなかつた。

「親の家にゐて食費がいるのか。それも貧乏な親ぢやない、月七百圓からの收入がある……俺は、俺は、遊んでゐて樂をしたいんぢやないんだよ」

と敬一は次第に泣顔になつて續けた。

「俺は何かほんとうの仕事がしたいんだ。規定に載つてるがために日に二十枚もの不要な飜譯をさせられるなんてことがどうしても承服出來ないんだ。そんなことは浪費だ。俺の浪費ぢやなくて、何かその……人類みたいなものゝ浪費になるんだ。今こゝで俺のために四拾圓なにがしかの食費を出してくれるものがあつたら、俺はひよつと、或は、人類のために何か僅かながらいゝものをつくれるかも知れんぢやないか……」

彼は自分の一向でき上らうとしない原稿のことを思ひ出した。そこで自分で自分を說得し始めた。

「……或ひは全然何も出來んかも知れん。それならそれでいゝんだ。日に二十枚の飜譯を始めるだけの話だ。俺はそれを喜んでする。今度こそ日に二十五枚でも譯さう……だが今」

と敬一はまた急に花枝の方を向いて、彼女の眼の玉の寄つたところに人差指をつきつけ、聲を荒げて云つた。

「だが今、その話をするな。お產のことも、これから生れる子供のことも、それから食費のことも、破れて水の漏る靴のことも、おしめも、何もかも分つた、分つてゐる。ちよつとまて、ちよつとまて、待て待て待て……」

と敬一は人差指を上下に振り、だんだん聲を小さくしつゝ後退りすると、唐紙を開けて出て行つた。

彼が興奮した頭を抱へておもてに出て見ると、やつと晴れ上つた秋の空が拔けるやうに高かつた。星が高く小さく無數に澄んだ光を放つてゐる。

「えゝ晚だなあ」

いつの間にか信次郞が彼の脇に來て一緖に空を仰いでゐた。

「これからはちよつと寒いが」

と信次郞は最近おまつさんに揶揄はれた爲か、刈りこんで小さくした口髭を撫でつけながら云つた。

「山で仙人生活するに一番えゝ時よ。山栗もまだ殘つとるし、今年は雨が多かつたから松茸も多いしなあ。夜、寒くなつたら落葉を集めて焚火すればえゝしなあ。ほんにお山の大將俺一人つて氣になつて、ひとりでに笑ひ出したくなるよ」

と云つて、信次郞はほんとうに闇の中で皓い齒並みを顯はした。敬一は自分の胸の中が次第に明るくなつて來るのを感じた。

「ほんとに大丈夫かね、その……」

と敬一は信次郎の顏を覗きこみながら訊いで、闇の中で顏を赫めた。

「大丈夫とも」

と信次郎のナポレオンは敬一の質問を自分流に解釋して答へた。敬一は大丈夫食へるかと訊きたかつたのである。

「警官はをらんし、防護團もないし、犬もをらんしなあ……さうだ、敬一さんに僕の計畫を見て貰はう」

とナポレオンは眼を輝かして敬一を自分の納屋に誘つた。

納屋は古い亞鉛板で出來てゐた。ナポレオンは先に手さぐりで中にはいつて、暗い電氣をつけた。その電氣は、恰で古道具屋の店先のやうな納屋の中を黄色く照し出した。一隅にベッドのお古が置いてある。そこがナポレオンこと內野信次郎の寢床であつた。

ナポレオンはベッドの下から割と綺麗な人工革のボストン・バッグをひつぱり出して、敬一の眼の前で開けた。彼は樂しさうに微笑みつゝベッドの上に腰掛けて、バッグの中味を披露し始めた。

いつとう上に、細い糸で編んだ網が載せてあつた。それは信次郎が十年程前浮浪罪に問はれて刑務所にはいつてゐる間に作つたもので、山で小鳥を捕るには大切な道具だといをことであつた。それから革の切れ端が出て來た。すり減つた靴の底を修繕するためのものであつた。火燧石、磁石、小刀、針、糸の類までひつぱり出された。最後に五百目位の古新聞と、全國重要市町村の地圖が數十枚出て來た。新聞紙の間から女優のプロマイドがこぼれ落ちた。すると信次郎は柄になく恥しさうに

「仙人生活にはこれも必要よ」

とプロマイドを黄色い電氣に照らして見せながら云つた。

「何十日も山の中にはいつてゐると、時々人の顔が見たくなるでせう。その時これを出して見るの。ちよつとえゝだらう…」

敬一はいつになく同情のこもつた表情でナポレオンの幅の狭い頭を見つめつゝ、心の中で、こんなに人を戀しがる人間が、どうして山にはいりたがるのだらうと考へてゐた。

信次郎は澤山の地圖の中から一枚のボロボロに使ひ古した圖面を搜し出して、それを恰で古いお札でも擴げるやうに皺を延ばし延ばし愼重に開いた。

「ほら、こゝから登るんですよ」

と信次郎は爪の割れた人差指で地圖中の一點を指して云つた。敬一にはそれが信州方面の地圖であることが分つただけであつた。併しそれも信次郎の説明には何の妨げにもならなかつた。

「この町の入口にね」

とナポレオンはなほも指差しつゝ夢中になつて云つた。

「煙草屋とバスの待合所があります……その煙草屋には肥つた色の白い娘がをつたが……心の綺麗な娘だつたよ。わたしが煙草くらさいつて云つたら、あんた山へはいるんなら裏へ行つてむすび作つて貰ひなさいつて云つてくれた、いつたいに信州の女は心がえゝなあ」

信次郎が〈えゝなあ……〉といふ時には、聞く者に何か本當に素晴しくいゝ暖かくて丸い形をしたものを想像させた。

その晩、敬一は納屋の中で明け方まで信次郎と熱心にトンチンカンな會話をやりとりしてゐた。

—未完—